我在伦敦买了一头狮子

First published as A Lion Called Christian by Transworld Publishers

我们在伦敦买了一头狮子

也偶遇了一生只有一次的友情

克里斯蒂安在城市中长大

他爱臭美

喜欢“手推车”游戏

与明星共饮下午茶

他享受阳光

享受朋友的陪伴

但我们明白，他真正的家在远方

送他回去，成了一份责任

新的冒险开始了

也到了放手的时刻

你会成为王者

但也永远是我们心中的那头小狮子……

献给克里斯蒂安，以及我们从未见过他的家人

我在伦敦买了一头狮子

Anthony Bourke & John Rendall
［澳］安东尼·布尔克　约翰·兰道尔　著
慕风　译

南海出版公司

前言

多年以前，我们写下《我在伦敦买了一头狮子》，讲述一头住在伦敦的狮子回归非洲的故事。今天，因特网上的 YouTube 网站向世界各地的新一代观众，介绍了克里斯蒂安，他非凡的故事令他们着迷。

想当年，我们还是两个来自澳大利亚的年轻旅行者，乍来伦敦，令人意外地在哈罗德百货公司[①] 买了只小狮子。我们和他先是住在伦敦，后又住到乡下，一直到因《生而自由》而闻名遐迩的乔治·亚当森安排他回肯尼亚重归自然。

乔治·亚当森制作的两部最优秀的关于狮子的纪录片《狮子在“世界尽头”》和《狮子克里斯蒂安》，集中讲述了克里斯蒂安重回野生生活的故事。YouTube 网站发布的视频短片，

① 位于英国伦敦骑士桥，1849 年开业时只是一家卖杂货的商店，后成为伦敦最有名的百货公司。

则展示了在克里斯蒂安回归自然一年后，我们重回肯尼亚与长得大多了的它重聚的难忘场景。

本书的第一版让我们感到骄傲，那是在我们二十刚出头时写的，如今这本修订更新版与原初文本保持一致。尽管如此，我们还是借机增加了新信息，澄清了一些事实，并在某些场合，试图更好地表达我们的想法。

这么多年过去了，一些记忆仍然异常鲜活，而另一些则已模糊。我们查阅了两种后来出版的谈及克里斯蒂安的好书：乔治·亚当森自传《我的骄傲和快乐》和阿德里安·豪斯的《伟大的科考队：乔治与乔伊·亚当森的生活》。这两本书让我们核实了某些特别事件的先后顺序，还提供了新信息。另一个资料来源，是那段时候艾斯（即安东尼·布尔克）写给他父母的书信，直到最近他才知道，这些书信保存了下来。

YouTube 上出现的我们重聚的视频短片，引发了人们对克里斯蒂安的故事的巨大兴趣，本书重新出版正是应此而起。我们陆续收到一些电子邮件，告诉我们重聚的镜头出现在 YouTube 上。我们不知道是谁上传了这些视频，至于我们自己，即便想也不知道如何上传。开始我们也没有真正地关注此事，但到了第二年初，我们发现这段视频越来越流行。它已成为那种以惠特尼·休斯顿演唱的极为动情的歌曲《我将永远爱你》

为背景音乐的、“将它发给你所爱的人”的电子邮件，传遍了全世界。YouTube 上的点击次数攀升到了数百万，其他的网站上也相继播放。我们偶尔去读读评论，感觉却像是进入了我们自己生活的过客。绝大多数观众都觉得这段视频极为感人，评论也都是非常赞赏的，这种情况显然是异乎寻常的，人们对此也常作评论。这是一种非常特别的经历，如今我们大家共同分享着。

因特网是甚少约束的领域，有关克里斯蒂安和我们的信息，相当多的部分是不正确的，其中，认为我们回去看望克里斯蒂安时身处危险的看法尤为错误。那时，乔治了解克里斯蒂安已有一年，他坚信克里斯蒂安会认出并迎接我们，然而，事后他承认，他也没料想到会出现如此情深意切的场面。

随后，美国电视节目主持人艾伦·德吉尼雷斯在她的节目中播放了这段视频，并邀请弗吉尼亚·麦肯娜和约翰到场。虽然他们没有露面，但此次播放重聚视频的节目，在其网站上点击次数攀升至三百万，领先于许多其他国际电视广播节目。克里斯蒂安成为世界性新闻，点击次数不断上扬冲破四千四百万，相关网站超过了八百个。由此，一些好玩的哄人把戏和拙劣的模仿在网上贴出，有个不知其名的人给克里斯蒂安建了 Facebook 页面，在那里他有了许多朋友。

克里斯蒂安的故事早已尽人皆知。本书曾以四种语言出版过，并被许多杂志连载。纪录片《狮子在“世界尽头”》和《狮子克里斯蒂安》在许多国家一再播放。随后，自然而然地，人们的兴趣逐渐消退，随着流年逝水，这段经历的记忆显得越来越不那么真实，乃至对于我们而言，似乎成了一个隐秘的梦，一个幻想，甚至是一次幻觉。

过去，人们了解到的是整个故事的来龙去脉，那是关于一头伦敦狮子回到非洲老家的奇闻。而现如今，由于这短短几分钟的关于我们重聚的视频影像，关注的焦点却是我们与一头迅速长大、已被看作野生的动物之间的深厚情谊，以及一年后我们所受到的来自于它的非同寻常的欢迎。人们的巨大兴趣和经过思考的反响，令我们一时手足无措，同时也给了我们反思这段多年前经历的机会。一个名叫乔安娜·C.阿维里的人在给我们发来的电子邮件中说，她觉得我们克服了社会强加在动物之上的定势思维，跨越了我们与动物之间的差异，从而揭示我们之间的种种相同之处。

我们试图理解这段视频为何会触动数百万人深切的情感之弦。是由于克里斯蒂安表现出的无条件的爱？是由于它关乎成长和分离的主题？是由于它触及了失落和孤独感，以及重聚的快乐？是否人们在以自己的情感和需求度量他们与动物的关系，以及动物所给予的安慰和陪伴？在技术支配一切，电脑游戏取代户外活动的状况下，我们是否都已过于疏离自然世界？这是不是对于一个时代的乡愁，在那个时代，童年更无忧无虑、更安全，年轻人有更多的自由和时间去冒险？

因特网使交流发生了革命性的变化，为社会网络、娱乐、信息传播，同时也为社会和政治激进主义，提供了难以想象的机会。通过因特网，我们可以为实现我们坚信的事业发挥真正影响力。只要我们能同心协力解决世界上最迫切的社会、环境和野生动物问题，我们将惊奇地发现，我们共同取得了如何的成就。

1

一头挂着价格标签的狮子

没有狮子算不得真正的动物园。英格兰西南部德文郡的伊尔福拉康贝镇上的那家小动物园亦不例外，狮先生和狮太太可是相当俊俏的一对儿。狮先生购自荷兰鹿特丹动物园，而狮太太则来自耶路撒冷的圣书动物园。一九六九年八月十二日他们有了头胎宝宝，四只健康的幼崽，一公三母。九个星期后，随着夏季过去，不再有度假的人群慕名而来，于是两只雌性幼崽便被交给了动物贩子，最终由一家马戏团买走。余下的一雄一雌，则被位于伦敦骑士桥的哈罗德百货公司买下，并用火车运至伦敦。这四只狮宝宝似乎像他们的父母一样，一生注定命途多舛。

就在这些狮宝宝出生前三个月，我们有生以来第一次离开澳大利亚，虽前景未卜，但情绪乐观。我们上完了大学，其间干过多种工作，但并没有明确的职业经历。我们奔赴伦敦，如同我们之前的许多澳大利亚年轻人，著名的榜样有讽刺作家巴里·汉弗瑞斯、记者及广播员克莱夫·詹姆斯、学者及作家杰曼·格里尔、艺术家希德尼·诺兰、布雷特·怀特利与马丁·夏普、社会评论家理查德·内维尔，最近的则是歌手凯莉·米洛。一些澳大利亚人经由陆路旅行，穿越亚洲和中东，这在当时那些日子里，即便说不上不可能，也至少是困难重重的。我们各自旅行了几个月，一九六九年十一月的晚些时候却在伦敦不期而遇。我们来伦敦并非为了观光，但某天由于一时心血来潮，我们参观了众多旅游景点中的一个——伦敦塔。与之适成对照，我们决定，前往从未去过的哈罗德百货公司。我们都知道，哈罗德夸口他们那里什么都有，当然前提是你得花大价钱。一位朋友曾求购一匹骆驼，对方问道："要单峰的还是双峰的？"但看来哈罗德还是超出了我们的想象，当我们漫步在其二楼的动物园时，在暹罗猫和老英国牧羊犬之间，一个小兽笼里有两只狮宝宝。一只狮宝宝挂着价格标签，这是难以设想的事情。事实证明，动物的幼崽对圣诞节的顾客是很有吸引力的，它们有望成为那些什么都不缺的人的圣诞礼物。

此前，我们从未考虑过有关狮子的事情。当然，在动物园我们见过狮子，但对之并无兴趣，也无深入的了解。那时我们甚至没有读过乔伊·亚当森一九六〇年出版的书《生而自由》，那本书讲述了母狮伊尔莎的故事：乔伊与其丈夫，肯尼亚野生动物部渔猎法执法官乔治·亚当森发现了出生不久的伊尔莎，将她养大并放归自然。

我们同情这两只狮宝宝，因为不管店员如何努力，他们还是不断受到好奇的顾客的骚扰，但我们必须克制类似的内心冲动。每个人都想让狮宝宝有所反应。那只雌性的做出警告的姿态咆哮着，于是所有人都心满意足，然而她的兄弟却故意对我们视而不见。他极富诱惑力，我们被他迷住了，在兽笼旁坐了几小时。

约翰：“我们把他买下来怎么样？”

艾斯：“我已给他起好了名字，就叫克里斯蒂安。”

很久以后我们才发现店员曾给他起过名，叫马库斯，一个漂亮的男性名字，但叫他克里斯蒂安似乎更合适，而且我们也喜欢其中的反讽意味——罗马帝国时期基督徒曾被喂过狮子[①]，同时这也算是一种提醒：我们和我们周围的人可能会面

①克里斯蒂安（Christian）在英文中的含义就是“基督徒”，罗马帝国曾一度残酷迫害基督徒，其中一项酷刑便是将他们扔进斗兽场喂狮子，故作者有此说法。

临危险。

我们下意识地知道我们是认真的，一种好奇的激动油然而生。即便只养他两三个月，我们一定能够让他过得比现在好，而且力争让他有个更美好的未来？或者，我们只是想着把克里斯蒂安从别人手中弄过来，归我们所有？我们从未想象或梦想拥有奇异的宠物，但他的魅力让我们完全无法抵御。

突然间，如果缺了一只狮宝宝，我们的生活会变得不完满。对于两个游历欧洲的澳大利亚年轻人来说，这是不切实际的想法，但问一问有没有可能买，这一小小的奢侈乐趣总还是可以有的吧。我们问店员，克里斯蒂安是否还出售。得到的回答是雌的已有了主了，雄的还没被买走，要价二百五十畿尼，这笔钱放到二〇〇九年约略相当于三千五百英镑。对于我们来说，这可是一大笔钱，但我们没被吓倒，而是若无其事地表示这个价格看起来很公道。动物园助理建议我们去找哈罗德的采购员。她直截了当地告诫我们，采购员会对任何可能的买家进行非常全面的当面考察，因为哈罗德百货公司认为，不让狮子落入不负责的人手中，这是至关重要的。

第二天早晨，我们回到哈罗德百货公司，打扮得颇为体面，头发收拾得服服帖帖，穿着花呢运动外套，这外套是我们的父母——非常有洞察力地——认为在海外必定用得着而坚持让我们带上的，但一直静静地躺在箱底直到今天。说了点小小的无伤大雅的谎话，加上看起来非常热心，我们由此打动了哈罗德的采购员罗伊·哈泽尔，使他相信我们是狮子的有责任心的看护人和养父母。这么一来，随着哈罗德准备出售，我们就获得了克里斯蒂安的首选购买权。

到目前，所有事情都显得非常自然而简单。我们去逛商店，看到了一只讨人喜欢的狮子，现在想要买下来，但三个星期内我们无法将他带走。我们共用一小套房间，位于切尔西国王路一家商店的楼上，我们在这家商店上班。无论从哪个方面看，那里都是最不适合弄个动物养养的地方，更不用说是一头狮子。我们花了几天时间，徒劳地找到一家又一家物业中介，指望能租到一套外边有花园的地下室套间，以便“安置我们的狗”。跟他们讲真话看来是没有意义的，我们真正得对付的是房东。我们非常丧气，于是在《泰晤士报》上登了一则广告，臆想某个我们尚未找到的胆大或古怪的房东也许会读到这份报纸。

狮宝宝、两个年轻人求租位于伦敦的有花园或带屋顶的套间或房屋。电话：3527252。

约翰则在巴瑟斯特长大，那是一个大乡镇，位于距悉尼一百三十英里的内陆地带，那里的家庭宠物包括猫、几只澳大利亚护牛犬，有时还有被救下来的小袋鼠，它们的母亲或被当作有害的动物射杀，或在公路上被撞死。兔子也被看作有害动物。一些糟糕的外来动物给本地的物种和栖息地环境造成了巨大的破坏，兔子及其捕食者狐狸就是其中的两例。

在哈罗德百货公司，我们了解到两只狮宝宝一出生就由人类照看，他们——尤其是克里斯蒂安——都会对你的喜爱有所反应。他讨人喜欢，看起来有着可爱、平和的天性。只要有空，我们就去哈罗德，在打烊后他们从笼子出来放风一小时的时候，跟他们玩。我们尽可能花更多的时间与他待在一起，如果他与我们相熟，将他运往索菲斯托凯特和国王路就会更容易些。两只狮宝宝极为顽皮，虽不至于难以对付，但有些时候会相当难缠。他们的牙齿非常尖利，并且，他们还没学会怎样让爪子收放自如，于是难免会抓伤人。克里斯蒂安显然比他的姐妹更容易让人接受，我们希望与她分开后，他会变得少些吵闹，多些驯服。

罗伊·哈泽尔明智地建议，在我们打定主意买下克里斯蒂安之前，去找查尔斯·贝维克和彼得·博文谈谈，一年前他们从哈罗德买走了一头美洲狮。这头美洲狮名叫玛尔戈，名字源于这家的一个朋友，芭蕾舞女王玛尔戈·芳汀夫人，如今已完全长大。尽管她看起来已适应了在伦敦生活，但与她在一起时我们总感觉有些不自在。他们向我们保证，玛尔戈从无任何不良行为，由于彼得和查尔斯可以在她身上花大量的时间，她已完全驯化，快乐地和他们一同生活。这是鼓舞人心的，因为他们明显感到整个过程都很快乐，而且比他们预想的要简单。

我们知道拥有克里斯蒂安六个月以上是不太可能的事情。他长得太快，以致我们无力再提供充分的空间环境。我们下决心尽我们所能让他在这几个月里过得快乐和安全，但如果随后他就得回动物园，这是否公平合适？确实，如果真是那样，对于他来说会更艰难，而对我们来说，整个冒险过程也仅成了一次奇异的放纵经历而已。我们决定前往坐落于威尔特郡英格兰乡村地带的朗利特野生动物园，看看那里是否适合克里斯蒂安。这家动物园由巴斯侯爵和马戏团老板吉米·奇佩费尔德联手创建，开园于一九六六年。这是非洲之外的首座野生动物园，在照料动物方面是创新之举，但在当时还是有争议的，因为周围邻居害怕狮子会跑出来。我们清楚，动物园第一次开门迎客之后，关于狮子逃跑的主要臆断就被证实所言虚妄，而狮子却一度遭了罪。如今，动物园已扩大到超过一百英亩，狮子被分成好几群，显然在整个英格兰数他们为狮子创造了最好的生活条件。动物园经理罗杰·考雷说，一旦克里斯蒂安长到我们无法照料时，他乐于接手。

这么一来，不仅万事俱备我们可以接克里斯蒂安回家，而且我们也可以确保他不用在普通动物园或马戏团里苦度余生了。然而，我们还是疑虑重重。我们真的准备好了来承担这一艰巨而具约束力的责任？我们不能忽视这样一个事实：即将被引入我们以及周围人们生活的，是一头狮子，虽出生在人类世界但基本上还是个野生动物，而且是仅次于人类的最强大的捕食者。我们知道，人类与狮子之间形成一种切实可行的关系并非不可能，但与克里斯蒂安之间能否建立起这样的关系，我们心里没谱。他现在才四个月大，长得飞快。很快他就会有相当大的破坏能力。不过，每当我们中的一个谈到自己的莽撞和风险，另一个就会大谈即将到来的难忘和激动人心的经历。最终促使我们团结一心的，是我们的大部分熟人提出的坚决反对我们买下克里斯蒂安的意见。他们无意中坚定了我们的决心，去接受原本或许有可能会拒绝接受的挑战。我们的父母无疑是吓了一大跳，但只是警告我们说，“你们会后悔”做出这样的决定，“到时候想要放弃克里斯蒂安就难了”之类。这是跨向未知世界的一步。我们是年轻人，找寻着快乐和冒险，已将澳大利亚、父母和某些条条框框抛诸脑后。那时正是风云际会的六十年代的扫尾、七十年代的开端，一个伟大的社会变迁、充满乐观主义和机会的时代。

一九六九年十二月十五日我们意外地接到电话说，我们可以早几天接克里斯蒂安走。他和他的姐妹半夜里逃了出来，跑到隔壁销售地毯的部门，弄坏了一些圣诞节时展出的山羊皮地毯。第二天，我们去接克里斯蒂安，用皮带牵着他由员工通道走出门。店员向我们挥手道别，无疑感到卸下了千斤重担。克里斯蒂安威严而假作安静地坐在汽车后座上，我们驶往国王路，欣喜万分，激动无比，但仍怀揣着一种无声的疑虑和恐惧：我们在做着某件超过我们自己能力的大事。

2

索菲斯托凯特

从哈罗德百货公司所在的骑士桥到位于切尔西的索菲斯托凯特只是一段颇短的车程，但由于几个月来克里斯蒂安一直待在笼子里，如今他的世界一下子变得前所未有的大了。汽车一开动，克里斯蒂安吓坏了，搞不清楚是怎么回事，他从我们身上爬了过去，我们不得不频繁地停车，没办法制住他。我们想用一只大大的泰迪熊来安抚他，那是我们买来欢迎他的礼物，但他对之毫无兴趣，让我们一时间束手无策。最后好不容易才到了索菲斯托凯特，朋友们在那里已等得不耐烦了。我们带克里斯蒂安进了商店，这时他倒平静了许多，蹑手蹑脚地转来转去，察看着所有的东西，机灵地躲开人们有些试探和迟疑地伸过来轻拍他的手。他看起来只是稍稍有些

彩的泰迪熊。他喜欢我们抱他搂他，他爪子轻轻地绕在我们的脖子上，用舌头舔我们的脸。他有一身柔软的黄褐色皮毛，令人惊奇的是上面有不少斑点。尽管他的肌肉功能非常协调，但爪子、脑袋和耳朵相对于身体的其他部分，显得出奇的大，宣示着他长成之后的体形和力量。然而，真正决定他容貌的是那双漂亮的、圆圆的赭色眼睛。他天性欢快、平和，非常好弄，以致我们觉得先前将拥有一头狮子可能会遇到的问题夸大了。我们甚至能训练他养成卫生习惯。尽管所有的猫科动物都爱讲究，他和他的姊妹在哈罗德却可以共用笼子里同一个角落，于是我们感到乐观。在地下室的一个房间里，我们装了一个加热器，并放了一张毯子让他睡觉用。在一个角落里，我们放了一只改进过的狮用尺寸的猫屎盆。开始，他随地大小便，我们发现一次就揍一次，然后把他领到屎盆那里，两天后，问题便解决了。他很快就知道了自己的名字，并懂得了"不"这个字的含义。一切似乎都太容易了。

他适应能力颇强，并且服从常规。每天，他的生活开始于早上八点钟我们中的一个下楼去。尽管看起来不太自然，他大多是被我们叫醒的，于是，一只睡眼惺忪的小狮子会热情地迎候我们，随后摇摇摆摆地走过去蹲在屎盆上。然后喂食的时间到了。他每天头一顿和最后一顿吃的是宝宝混合食品：康普兰、法瑞斯和牛奶，外加阿比德克牌滴剂以补充维生素。哈罗德动物园的助理桑迪·劳埃德非常喜欢两只狮宝宝，将他们照顾得极好，她给我们提供了一份为克里斯蒂安准备的注重营养均衡的食谱。两餐主食分别在早晨的晚些时候和傍晚时分喂食，包括四分之三磅生肉、一个生鸡蛋，还有一勺骨粉以补充钙质。我们常给他吃不同的肉，偶尔会给他一只带皮的兔子。克里斯蒂安常常一连好几天带着兔子皮在索菲斯托凯特到处跑，直到它化成碎片或臭气冲天。他喜欢将大骨头玩玩啃啃，由于没有其他动物与他争抢，他在进食时我们可以安全地拿着他的食物。

我们逐渐发现人们对于狮子的成见往往是错的。比如，认为给狮子之类的动物喂食生肉是危险的，因为据说这会使之变成“食人兽”，这种看法就是错误的。一个法国厨子有时会给克里斯蒂安带些美味的腓利牛排，这让我们很是羡慕。这个厨子喜欢狮子，而且确实有机会弄到不少肉。克里斯蒂安的肉食需求量每个星期都在增长，喂饱他的花费越来越昂贵，以致我们后悔没能将他变成素食者！

他玩起来没个完，弄得整个商店和地下室里到处是各种各样的玩具和橡皮球。他非常喜欢废纸篓，开始把它套在头上，结果遮住眼睛什么都看不见，随后就将它扯破。我们只能给

他买牢固的玩具，因为普通泰迪熊在他那里的寿命大约只有两分钟。他需要我们持续的关注，不理他是绝对不行的。如果我们中的一个读起了报纸，或看起了电视，克里斯蒂安立马会爬到他的腿上。索菲斯托凯特是家具的丛林，他穿行其中悄悄地追踪我们，成为游戏开发方面的老手。他知道我们不许他猛然扑过来，但他会聪明地设法使自己待在一个家具后面，这样一来，看起来好像我们有意在诱惑他，跟他躲猫猫。随后他便问心无愧地向我们冲过来或跳过来。于是我们养成了一种紧张兮兮狼顾的习惯。如果我们发现了他带着恶作剧的眼神，正蹲伏在那里蓄势待发，他便会若无其事地装模作样清理着自己的脚爪，而不是因为好事被搅而恼羞成怒，因为这个游戏就是要趁我们不注意的时候追踪并抓住我们。很快我们就常常能从他的眼神里看出接下来他想干什么。他一直是有趣可人的，但也是非常累人的。

我们和他玩耍时，总是不让他过于生猛或过于激动，也不暴烈地与他争抢，或鼓励他追捕我们。我们从不让他知道，过了某个关节点，他就将比我们有更强大的体力，可以伤害我们。我们避免让他明显表现出力量上的优势，或装作对此视而不见。有时，在玩耍时，如果他使我们当场陷入困境，他会本能地意识到自己的优势，并获得令我们恐惧，似乎也令他自己感到迷惑的汹涌力量和决断力。

每天早晨他期待着清洁工凯·杜的到来，因为他知道她会给他带来快乐。他追着扫帚，骑在吸尘器上，偷走或咬住她的抹布。她对付他很有一套，但还是得谨慎地留意到，法瑞斯和康普兰的污迹逐渐出现在窗子和玻璃门上越来越高的地方。

克里斯蒂安刚来国王路的时候，他还非常小，完全可以在有顾客的时候在店里四处晃悠。开始时，顾客们很少把我们的提醒当回事：“你是否不喜欢狮子？”一位不相信的妇女看着一根克里斯蒂安享用的骨头说道：“这根骨头怎么也够狮子啃了。”“这就是我们想要告诉您的。看看您的背后。”当克里斯蒂安从容不迫地过来认领他的骨头时，她面带怀疑地瞧着。通常情况下，这会让生意更好，并且，索菲斯托凯特的老板们惊人地宽容。即便是英国人，也必定会对一头四脚伸展地躺在他们打算购买的古董松木桌子上的狮宝宝有所反应。绝大部分人感到高兴，偶尔会发生丝袜抽丝或裤子撕破的事故，但没有人抱怨。许多女顾客星期六带着怀疑的丈夫和朋友，以及满车的孩子重来店里——星期六国王路通常有游行活动，本来就人满为患——索菲斯托凯特便突然充满了一种令人讨厌的类似动物园或马戏团的气氛。为了避免这一切，这一天绝大部分的时间，克里斯蒂安只能待在地下室里，只有那些特别失望或特别痴迷的人，才能说服我们带他们下楼去看看他。

每天下午，他到附近的摩拉维亚教堂院子的花园里去锻炼。哈罗德百货公司给了我们一个项圈和皮带，虽然项圈看起来不那么协调，但很有必要，因为有了这个，抓住他就容易些，而他很快就忘了项圈的存在。起初，我们试图牵着他的皮带，遛着他去花园，那里只有三百码远。但他就是不好好走，只是往前冲几步，随后便断然地坐了下来。他被车辆和周围拥挤的人群给吓着了。我们怕遇到别的动物，因为尽管他不见得对它们有太大的兴趣，但觉得它们是一种愉快的消遣。最初的几个星期，我们只能提着抱着他走，但很快他就很重了，这短短的一程便真成了苦差事。如果他能让我们牵着走，这固然会容易得多，但指望一头狮子会有这种不自然的举动，实在有失公平，于是我们不再坚持，还是用汽车或索菲斯托凯特的货车载着他去那里。在车里他一般是比较驯服的，但一刻都不消停，因为狮子永远不会接受任何形式的束缚。

花园非常理想。没有人，没有其他动物，四周耸立着高高的砖墙。围墙建于都铎王朝时期，花园中，如今的画室和

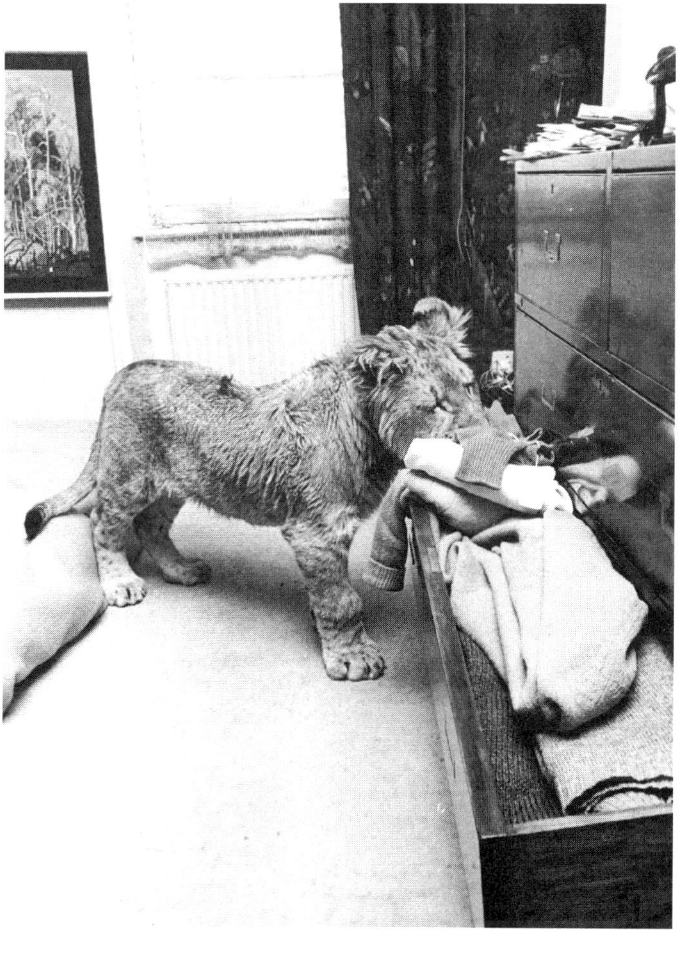

老摩拉维亚小教堂则建在托马斯·莫尔爵士的马厩的地基上。经历了一系列著名的主人，一七五〇年汉斯·斯隆爵士将此地产出售给了萨克森的青岑多夫伯爵，后者买了这块地也就让摩拉维亚教会在英格兰奠定了落脚点。摩拉维亚教会是最早的独立的清教徒之一，一四五七年他们为反对罗马天主教教廷的道德腐败和政治行为，在波希米亚成立了兄弟会。他们得名摩拉维亚而非波希米亚教会，源于一群来自摩拉维亚的避难者，一七二二年他们定居在青岑多夫伯爵位于萨克森的地产上。伯爵的儿子，青岑多夫与普腾多夫伯爵克里斯蒂安·雷纳图斯就葬在花园里。事实上，这是一个墓园，然而，摩拉维亚教会埋葬死者的方式极为俭朴——垂直下葬，一块平放的朴实无华的墓碑，因而根本看不出这是个墓地。如今回想起来，对于在墓园里嬉戏，我们确有些小小的负罪感。

这里有一大片草地供克里斯蒂安玩耍，还有树木和树篱可供躲藏。有趣的是，他花了几个星期时间才适应这里所有的空间——起初他不愿离开树篱的保护，跑到花园的中心地带，但随后花园便成了他的领地，他很是喜欢。他喜欢追踪和扑向我们，但我们认为，对于一头狮子来说，这是不应助长的坏习惯，于是我们代之以将足球踢给他，让他追逐。他动如脱兔，姿态优美协调。他追着球，猛地扑上前去，紧张

个信息并未改变他的行为方式，因为从一开始，他就像所有猫科动物那样自认为比我们更优越。但是知识过多会造成危险和迷惑，因此我们要求摩拉维亚教会的牧师别告诉他早期基督徒被送入狮口的故事。

与其承诺的水准相符，哈罗德卖给我们的是一只很棒的狮子。他非常健康，有着美好的天性。他脾气平和，不容易受惊或害怕。由于他信任我们，并有很强烈的安全感，这些品性得到了进一步的强化。事实上，他的行为总体上具有相当的可预见性和一贯性，这使他显然更容易相处。我们小心翼翼，和他一起一步步往前走，开始了解他，并很快掌握他的情况。我们很少误解他的意图，学会预见任何可能导致意外结果的状况。

可以用人类术语来加以解释的行为心理模式，在他身上很容易辨识出来。我们同意这是种拟人的做法,但就我们看来，其个性的种种方面确实与人类的相像。他的“幽默感”看起来就和我们的非常相似。如果被什么东西绊了一跤，再加上他的大脚丫，作为狮子他会显得相当笨拙，于是他会有些“尴尬”，但很快就会像绝大多数人那样，装出若无其事的样子。与几乎所有其他动物相比，狮子可以和人类进行更亲密的交流。我们认识到,这两种世界上最强大的捕食者有很多共同点。

克里斯蒂安的个性非常棒，他的出现令商店和我们的生活更完满。我们认识到，只有尽可能让他的天性得以充分的表现，他与我们一起生活的几个月，才会如我们所希望的那样给他带来快乐。他天生易于满足，性情平和，欲让他保持这一天性，我们除了要给他充分的时间和爱之外，必须尽可能少约束。

我们彼此尊重，他身上没有任何家养宠物所固有的那种俯首帖耳的姿态。我们从未试图支配或训练他，根据我们的经验，这很可能会带来灾难性后果。我们不相信一头狮子会完全俯首帖耳，或许最有可能实现的也就是朝不保夕的控制。你也很难从狮子那儿获得尊敬。克里斯蒂安性格坚定，但似乎也认识到必须合作，并且，他很快明白哪些行为是不允许的。我们从未与马戏团的动物或娱乐活动中使用的动物有过任何接触。不过我们完全可以推测，在驱使动物表演的过程中，必定包含心理上的花招、贿赂、奖励和惩罚。二〇〇三年，拉斯维加斯双人表演组合西格弗瑞德与罗伊中的那位罗伊，就在动物魔术表演中受到他训练的几头老虎的攻击。

克里斯蒂安讨厌被忽视，且非常在意他对人们产生的影响。他禁不住诱惑去试试菜鸟们的反应，如果先前某人未能很好地应对，他通常会记住。就像所有的动物，他常知道周围哪个人感到不安，并且会利用这一点。如果顾客未曾注意到坐在店里楼梯上的他，他便会哼哼唧唧地吸引他们的注意力。从这个居高临下的位置上，他打落了不少顶帽子和不少副眼镜。他极为好奇，眼睛不断观察和寻找着新的应该调查研究的东西。

他的眼睛最让人印象深刻。那是双会说话的聪慧的眼睛，可以传递出爱和信任，也可以表示挑战或反抗。有时它们清亮得难以置信，但有时却是晦暗、不可知和难以捉摸的，且直直地瞪着眼，目光穿越我们，达至另一个我们被排斥在外的维度。

克里斯蒂安能记住人和地方，与我们遇到过的其他狮子相比，他表现出更高的智力水平。他很快就学会了如何打开地下室的门，只要门没有上锁。白天我们将他的吃食藏在商店后面办公室里各种橱柜的顶上，而他常会勉力完成那复杂的活儿：往上爬到别的家具上，后腿站立直起身子，将吃食打落在地。

与猫族的绝大部分成员不同，狮子是群居的、社会性的动物，生活在一个个大家庭般的种群中。克里斯蒂安无疑把我们当作一家人，与我们有着深情厚意。狮子们彼此问候的方式是礼节性地碰碰脑袋，我们常跪下来好让他这样做。每

到要与他道别，无论离去的时间长短，都得有另外的深情致意，舔一舔和抱一抱。他喜欢亲密，常常不是靠着我们，便是实实在在地坐在我们身上。有时，他会引人注目地从地上跳到我们的怀里，这是对我们的一种问候，此前从未有人看到别的狮子这么做过。事实上，他也会傲慢自大，居高临下，但如果他必须受到教训，不管是语言上的还是挨一下揍，他都接受，没有一点怨恨。他非常清楚什么时候我们生他的气了，如果他觉得自己罪有应得，他会运用一些明显的且通常能成功的方式努力重新赢得我们的好感。

克里斯蒂安在对待自己的食物的问题上，尤其不具好斗性和独占心，这表明在某些方面他是头另类的狮子。没有其他动物与他争食这一点，加上他知道到时候就会有吃的，是造成这种状况的因素之一。然而，那些远比我们更了解狮子的人，得知他对待自己食物的态度时无不感到震惊。他胃口很好，饿得慌的时候，常不等我们把食物放在地上，便从我们手上将之打落。但如有必要，我们可以拿走他的食物，甚至狮口夺食。他喜欢吃骨头里的骨髓，但当他弄不出来的时候，我们会替他弄出来，而他会轻柔地从我们的指尖上吃。

在交流和交往方面，狮子的嘴起了相当大的作用。他舔我们以表示他的感情。他常用粗糙的舌头舔物体的表面以了解其味道和质地。他乳牙尖利，喜欢把我们的手和手臂含在嘴里，但很快学会了如何不咬着我们。然而，在某些情绪下，他只是把嘴张得老大，等着我们去填满。膝部的高度对他正合适，我们的衣服常被他的牙齿或爪子刮到划破，有时我们只得穿上实用的深绿色连衫裤工作服。

狮子需要锻练自己的爪子和嘴巴。在最初的几个星期里，店里不少桌脚和椅脚被弄坏了。然而，挨了几顿揍，尤其在发现可以用楼梯的扶手来替代之后，他便不再去弄桌椅脚，因为狮子是有生活习性的动物。与其他猫科动物相比，狮子属于只能在地面活动的类型，他不会跳起来越过家具。但他喜欢从高处俯瞰自己的领地，时常坐在桌子和五斗橱上。幸运的是，他更喜欢楼梯，这样可以坐得更高，并且，坐在楼梯上时他的爪子会从边上优雅地垂下来。事实上他很少损坏家具，而且只有在滑跤时为了支撑身体，爪子才会戳入家具。有一天，一张昂贵的桌子，连同精心搭配的刀叉、瓷器、玻璃杯和蜡烛，相当轻率地被放在了店堂的中央。我们听到玻璃打碎的声音，立刻明白发生了什么事。由于被店堂里新的陈设弄糊涂了，克里斯蒂安走动时身体撞上了桌子的一边，于是连同桌面一起倒在了地上。这张桌子已经售出，而现在上面却新添了几道深深的抓痕。我们打电话给买主表示歉意，

一个挡住摄影师不让他抓拍这一报纸渴望得到的照片。小孩被弄得有些发昏,但裹着层层衣服他也就不可能会受伤。起初，这位母亲火气很大，但后来她不停地带着一批又一批朋友回来，还有许多小孩在克里斯蒂安面前晃来晃去，显然她很快就不再生气，并对那次意外感到高兴。

克里斯蒂安长得很快。两个月里他的鬣鬃长了起来，突然显得颇为成熟了。指望一无所知的顾客，碰上从五斗橱后面伸出的一双大大狮爪，并握住他们的大腿这类事能应付裕如，那是不公平也是不明智的。他放过绝大部分人，但像许多动物一样，他会本能地甄别出那些胆战心惊者，并乐于戏弄他们。显然，我们不能冒发生事故的危险，况且，没有一家保险公司愿意为我们上保险。

我们开始有重任在肩的感觉了。切尔西足球场就在附近，警察找上门来，建议我们在比赛日那天，不能让克里斯蒂安待在橱窗里，因为这可能会在路过的球迷中引起骚乱。他不得不更多地待在地下室里，只有没有顾客时，才允许待在店堂里。他乐于待在地下室里，那里有很多玩具可以玩，但他对不能自由地上楼到店里去感到恼怒。有时他会毫无必要地蹲在他的猫屎盆上，以此作为一种微妙的信号，表示他准备上楼。如同所有的猫科动物，如果无事可做，狮子也喜欢睡觉，但他在地下室里睡大觉的时间常常被纷至沓来的访客打断。索菲斯托凯特的其他人，乔、约翰和詹尼弗 - 玛丽都喜爱克里斯蒂安，他也喜欢他们。通常，至少我们中的一个会在楼下陪他玩。当有人来看他，我们领他们到地下室，在那里我们更容易完全掌控局面，如有必要，我们会阻止他跳起扑向来客。他是一头少有的易于接受的狮子，很少有人他会不喜欢。他厌恶的东西少之又少：有时或许是某种气味强烈的香水或剃须水，当我们的某个朋友穿着奇装异服出现时，他会跳起来扑向他。

我们试图不让克里斯蒂安清楚我们对他的约束力有多少——或多么少。最初几个月后，他出乎意料地花了很长时间才明白，尽管我们还能抱住他，但只要他一挣扎，我们不得不立即放开他。如果他同我们玩得过火，我们常会停下来，因为这样他始终不会知道，自己已越过了某一个关节点：事实上他在体力上已超过了我们。作为一头狮子，他是很听话的，通常会配合我们。只有很少几次他对我们的告诫不理不睬，但对此我们差不多毫无办法。我们不得不装出对他所做的事情并不担心的样子，而非让他知道我们无力阻止。这是一种迷人的心理游戏，但赌注高昂。

狮子不高兴时会发出极为清晰明白的警告。看看它们的

力量、牙齿和爪子，你就会明白把它们的警告不当回事是多么的愚蠢。克里斯蒂安住在索菲斯托凯特的几个月里，只有那么一次，让我们吓得半死。他发现一条毛皮带子从一件外套上挂了下来，于是带着它跑到地下室去了。我们跟在他屁股后面，想把带子弄回来。他咬着带子，并发出激动的吮吸的声音。我们知道，这表示他不愿放弃带子。我们还是试着把带子弄回来，但他双耳放平，咆哮着发出可怕的警告。他成了一只叫人认不出的野生动物。如果我们再有夺回那条带子的举动，毫无疑问他会攻击我们。我们想逃开，但没那么做，而是缓缓地移开几步，彼此说着话，好像什么也没发生，好像我们已忘了那条带子。我们明白绝不能让他晓得我们多么害怕。如果他意识到这么做非常有效的话，就会促使他重复这种行为。大约五分钟后，带子引发的兴奋，还有他的怒火都消退了。接下来的几个小时，我们照常与他说话，与他玩耍。我们尊重他发出的清楚的警告。这样的事件再没有发生过，但给了我们重要的提醒：克里斯蒂安具有潜在的危险性。

4

“不爱抛头露面的丛林之王”

肯辛顿和切尔西的女市长驾临索菲斯托凯特与克里斯蒂安会面，当她弯腰轻轻抚摸他的时候，脖子上挂着的标志其公职身份的精致项链，就在克里斯蒂安眼前颇具诱惑性地晃来晃去。他怎么抵得住，于是大脚爪一伸，重重地挥将上去。项链绕着脖子转了几圈，她一阵惶惑，但毫发未损。狮子乃天生之君王，才不会把一个市政官员的饰品当回事呢。

各色人等都纷纷跑来看克里斯蒂安，其中一些定期前来拜望。一位妇女带着专为熊准备的胶糖娃娃来到店里。当她发现克里斯蒂安不过是头狮子时，大为失望，更糟的是，克里斯蒂安对她的胶糖娃娃不感兴趣。索菲斯托凯特的主顾，女演员狄安娜·瑞吉和米娅·法罗爱跟他碰面，后来又都来与他玩过。随着克里斯蒂安声名鹊起，不少人跑到店里来看看，是否我们只是把他当作一个花招来利用，但看到他非常快乐和健康，而且与我们显然相处甚欢，他们感到欣慰。

拥有一头狮子已成为我们生活的一部分，并且，我们必须接受由他引起的种种兴趣。如果我们没和他在一起，就不断会有人问起有关他的情况。我们不得不耐心听人们讲他们的“野”猫的故事，而另一些人则缅怀着自己在非洲的经历。不断有人问：“多久之后他会变成吃人兽？”克里斯蒂安身上绝对没有可能发生这样的问题，尤其在看了他与自己最好的朋友尤妮蒂·贝维斯-琼斯如何游戏之后，你必定会同意这一点。

尤妮蒂与克里斯蒂安相遇于一九七〇年一月，也就是我们买下他一个月之后。她听说索菲斯托凯特住了头狮子，二话不说立马跑到店里。此后，每天下午她都来看望克里斯蒂安，她的生活就围着他转。她瘦骨伶仃的，我们担心他会在无意中伤到她，但她对付起他来很是有一套。她穿着厚厚的外套，戴着相当夸张的毡帽，以保护自己。那顶帽子遮住了她大半张脸，几星期后克里斯蒂安最终将帽子咬在嘴里的时候，我们才得见庐山真面目，原来她这么迷人。

尤妮蒂酷爱狮子。她在罗马当演员的时候，某一天决定要养一头狮子，尽管此前她对狮子一无所知。她说服罗马动物园，将一头刚刚从非洲过来不久，还没有受过训练的八个月大母狮卖给她。尤妮蒂从来没有害怕过狮子。当装在板条箱里的劳拉运来之后，和她同住的房客将自己锁在卧室里两星期不敢出来，对此她颇感惊讶。尤妮蒂发现房东同样也是不可理喻的，在她与劳拉共同生活的一年半时间里，估计搬了二十次家。当尤妮蒂必须回英格兰时，劳拉就去那不勒斯附近与朋友们待在一起。尤妮蒂与克里斯蒂安的关系异常亲近，由此我们可以理解，在远为艰难的境遇里，她是如何与劳拉建立起一种成功的、从未出过意外的关系的。

每天下午，尤妮蒂一到索菲斯托凯特，就可以听到克里斯蒂安在地下室里，吵吵闹闹地在与某个东西，通常是一只塑料桶，玩着足球。当脚步声从楼梯上传来，他便停下来听着，等着看是谁来了。尤妮蒂说道："你好，克里斯蒂安，是我。"克里斯蒂安会大声地咕噜起来，这是他通常的迎候方式，同时跳起来扑到紧锁着的门上，通过门上的一个小圆孔费力地往外看着她。为了防止他趁她开门时跑上楼，进门前尤妮蒂会叫克里斯蒂安退开几步。虽然仍离门很近，他会发出狮子式的喵喵叫声以表明她可以安全地进来了。"不行，"她会说道，"还不够远。再离远些。"一阵短暂的沉默之后，克里斯蒂安又叽里咕噜起来，如果在尤妮蒂有经验的耳朵听来，咕噜声已足够远，她就会进去并关上身后的门。克里斯蒂安高兴地冲上去迎接她，抓住她的衣服，热情地领着她在地下室里四处转。

如果因为过于兴奋，当她说“别太粗野”或“停下，克里斯蒂安”他也根本不理睬时，她就趁他没看见，慢慢挨到门边，然后离他而去。克里斯蒂安会冲到门前，喵喵叫着，叽里咕噜着。于是我们听到尤妮蒂说：“你太淘气了，如果你不听话，我就再也不来和你玩了。我可不是水桶，我不想你那样对我。”算是道歉，几声歉意的咕噜声随后传来，而且一声比一声离门更远，表示他不会冲上楼，尤妮蒂可以进来了。受到训斥——但常常是被原谅之后，他对她文雅了许多，这个下午余下的时间里，他们高高兴兴地一起玩玩游戏，说说话。

克里斯蒂安最让人喜欢的性格之一，是他同我们每个人都有独特的关系——虽差别细微，但问候方式、游戏和花招都有所不同，并且他知道我们都会让他一逞其愿。尤妮蒂从不会拒绝他的任何请求。她常来花园与我们在一起，每天在地下室陪伴他几小时对保持其温和脾性起了极大的作用。动物有多种个性，可以通过一定的激发得以发展或表现，尤妮蒂让我们明白克里斯蒂安的个性有多么丰富多样。

我们在克里斯蒂安身上有意识地投入的时间和感情，比

先前对任何别的物和人都要多。这是一种托付和责任，让我们的生活有了前所未有的目标意识。白天时间我们都花在他身上，如果晚上我们要出门，便将他安顿在地下室他的房间里。我们中的一个，更多的时候是我们两个，会在睡觉前夜深人静时带他出门绕着店转转。星期天商店关门，而克里斯蒂安又喜欢换换环境，有时我们就带他外出游玩。但在伦敦带着狮子可去的地方不多。一天我们带他去肯辛顿花园。周围的一切让他感到害怕，尽管牵着他的皮带很长，但他只肯紧靠着篱笆以求安全。这没什么好奇怪的,周围聚了那么多人，难怪他害怕，再到公园游玩恐怕是不可能的事情了。

我们打电话给巴纳尔多医生之家，看看那里的孩子是否欢迎克里斯蒂安前去拜访。听电话的那位妇女非常吃惊，但当我们向她保证不会有“危险”之后,她同意了。我们对她说，让克里斯蒂安与孩子们直接接触是不妥当的，同时询问是否有封闭的空间。她建议，孩子们安全地在屋里看，“狮子可以在外边的草地上啃草皮”！

但是，没想到克里斯蒂安的访问遭遇了冷场。就那么几张面孔在窗户上贴了几分钟，随后孩子们就又回去玩玩具去了。当我们和他们共进下午茶的时候，克里斯蒂安被关在一间房间里。然而，一个淘气的小孩把他放了出来，于是他过来找我们。孩子们尖叫着，作鸟兽散，纷纷爬上凳子、桌子。留下一片混乱，或许还有不少噩梦，我们载着有点迷惑的小狮子回了索菲斯托凯特。

克里斯蒂安常受到邀请与我们一起去看朋友，偶尔我们会带他去。有一次去别人家，克里斯蒂安推开浴室门，我们听到一声尖叫，赶紧跑过去。很难弄清楚谁更害怕，克里斯蒂安还是浴室里的朋友。查尔斯·贝维克、彼得·博文和美洲狮玛尔戈组成的是一个适合接受狮子来访的家庭。我们常去拜访他们，而且克里斯蒂安还在那里过了圣诞节，当时我们去了乡下的朋友那里，不过他们明确表示不邀请克里斯蒂安去。玛尔戈是个美丽的动物，发着迷人的呼噜声，但她的行为难以预料，与她交往不太轻松。她在乡村庄园里终老。我们很天真地希望玛尔戈和克里斯蒂安会成为朋友，因为我们知道没有一条狗能强壮到与他成为玩伴。但玛尔戈属于不同的物种，性别也不同，且年长一岁，对他有着强烈的敌意，而他仅仅是无所谓。平心而论，对玛尔戈来说，克里斯蒂安是其领地的入侵者。他俩可以待在一个屋里，但克里斯蒂安靠近她时，玛尔戈伸出爪子拍打他，抓他柔软的鼻子。克里斯蒂安并不在乎，因为第二天他就要上电视了！

一九七〇年一月中旬，也就是我们买下他一个月后，泰晤士电视台听说有头狮子住在索菲斯托凯特，于是邀请克里斯蒂安上他们的儿童杂志节目《喜鹊》。他只需要出场几分钟，我们想他应该能行。我们开车带他去位于泰丁顿的电视台摄影棚，兴奋异常但吃不准克里斯蒂安会如何表现。不幸的是，我们直播前不得不反复排练，我们感到非常遗憾，因为克里斯蒂安每排练一次就更不配合一点。摄影棚里耀眼的灯光照得他稀里糊涂，头昏眼花，冲上前来的摄像机让他害怕。那么长时间被皮带拴着让他烦躁，但还是长时间地忍受而不是发怒。我们后悔接受《喜鹊》节目的邀请，紧张兮兮地等着现场播演。无法预料克里斯蒂安会做些什么。我们中的一个一边接受采访，一边还得让克里斯蒂安待在镜头范围内。显然克里斯蒂安取得了巨大的成功，尽管那看来像是在摄影棚地上嬉戏的场景，实情不过是在努力不让他逃跑。

上电视之前，没几家报纸对克里斯蒂安感兴趣。突然间他家喻户晓，人们对他好奇心大增，尽管采访我们的人似乎有点失望，因为拥有一头狮子没他们想的那么复杂。他们发表的往往是克里斯蒂安打哈欠的照片，他露着牙齿，看起来确实像在凶恶地咆哮。出名对索菲斯托凯特不是坏事，但我们认识到，如果要持续下去，我们必须对照片的印发采取控制手段，这样至少克里斯蒂安的形象能得到准确的反映。我

们遇到了摄影师德里克·卡塔尼，他与克里斯蒂安相处甚欢，并开始用照片记录他在伦敦的生活。我们非常欢迎报纸在需要的时候向德里克购买照片。

人们与我们联系，希望能将克里斯蒂安用于电视广告或其他各种推广活动。对于我们来说，他的花费是巨大的，为此我们准备适当地参与一些商业活动，前提是他不可以有压力或感到不舒服。他喜欢外出，也喜欢这些断断续续、零零星星的“工作”，但总的来说，他有日常的习惯和非常稳定的生活方式。他为《名利场》杂志拍摄照片，名为“野性之夜”，用于睡衣广告。这是个简单的活儿，只要求他和一个漂亮的模特一起躺在床上拍照。照片底下的文字如是说：

> 小心捕人的猫科动物！一些在丛林里追踪着猎物，另一些则在家逗弄小猫，穿着洋溢着猫一样优雅的女式休闲睡衣。我们的女式睡衣并非为孤独的夜晚而备——在你打算扑上前去时穿上吧，如果他无动于衷，再换只猫儿来陪伴！

克里斯蒂安常常喜欢咬人头发，而那模特恰有一头浓密的秀发。他打算扑上前去，她惊恐万状，居然说道：“我的前途就靠我的脸！”由于受到阻止，克里斯蒂安转而在山羊皮床罩上咬了个洞，还弄坏了两只缎子枕头。

几个月后，BOAC（如今的英国航空公司）与我们联系。他们将开辟一条飞往非洲的新航线，希望克里斯蒂安在推广活动中露露面，活动中他引起轰动，轻轻松松地让另两件非洲代表物——盆栽棕榈树和鳄梨——黯然失色。他赚了三十畿尼，我们把这笔钱存入他在银行的账户。克里斯蒂安开户的照片登在这家银行的内部刊物上，并配以标题：“切尔西的强硬顾客”。这是说服银行经理同意我们透支的简便易行的方法。我们还为报纸拍过一系列复活节照片，克里斯蒂安和六只小鸡系列。他惊人地温柔，没发生任何意外事故。

当他大约七个月大，显然不再是小狮宝宝的时候，更为巨大和广泛的公众兴趣骤然爆发。令人们感到震惊的是他仍然非常听话。专家们——比如来自伦敦动物园和猫科动物咨询局的——惊异于克里斯蒂安如此驯服，行为如此端正。如今他较少被看成一个新奇玩意，更多地被当作“两个澳大利亚人”拥有的伦敦名流。好几家美国和澳大利亚报纸和电台跑来采访我们。

BBC 电台的清晨节目《今日》的主持人杰克·德·马尼奥打电话来邀请克里斯蒂安接受采访。按照我们的建议，他事先到索菲斯托凯特来与克里斯蒂安会面。我警告他，如果克里斯蒂安没有心情交谈，他可能会口齿非常不清，这对电台采访是不利的。鉴于克里斯蒂安此前从未吼叫过，杰克·德·马尼奥的听众不大可能成为他初试吼声的对象。

第二天早晨六点三十分，一辆车来到索菲斯托凯特门前，随后载着我们仨去了广播大楼。到了那里，穿制服的门卫拦住了我们进门的去路，看都不看皮带的一端牵着的是什么便喝道："狗不准进，这是规定。"

"你们的规定包不包括狮子？"我们问道。

人们是不会和狮子去讲理的，于是当我们大步走过他身边的时候，他迅捷地闪到一旁。

克里斯蒂安兴致勃勃地研究广播演播室里的设备——多么诱人的种种线绳和电线——同时看着一张张贴在演播室玻璃窗上的脸，那劲头远胜于考虑在采访时发出各种狮子式的声音。我们只好代表他简短地说了几句，谁知第二天《每日邮报》的标题却是：麦克风前羞涩的克里斯蒂安在电台砸锅。

当天晚些时候，我们在索菲斯托凯特接到BBC的电话，大惑不解。没作任何解释，BBC唐突地问我们克里斯蒂安值多少，但这是个我们从来不会加以考虑的问题。几天后，我们读到《每日邮报》的查尔斯·格里维耶的专栏时才明白是怎

么回事。文章的标题是：繁文缛节下的狮子。

> BBC规定带入大楼的动物必须有保险，但由于某些疏忽，一个滑稽的场面因一本正经的官僚主义而变得更可笑：着手给已离开的客人办理保险单，可能还包括主持人。尽管那时节目都已播出，在演播室里那只动物几乎连哈欠都没打，更别提把德·马尼奥及其团队当早餐了……那么不爱抛头露面的丛林之王值多少？主人说五百英镑。

只要世界上别的地方发生狮子以及其他野生动物袭击或杀死人的事情，报纸就会给我们打电话。我们热情洋溢地告诉他们克里斯蒂安的表现如何如何之好，好让他们失望，对此我们感到很高兴。这么多报纸发表了这么多不正确的有关克里斯蒂安的消息，但令人惊奇的是我们只遭到过一次反对。一九七〇年四月，一份美国的报纸发表了一篇文章，之后，一位美国妇女给我们写了封谩骂的长信。她最终写道："当你们厌倦他时会干些什么？现如今他想必在长大，过着你们强加给他的生活，之后他一定会变得凶残而危险。毫无疑问，你们会弄掉他的爪子，或许甚至他的牙齿，这样，我可以断定不会有任何动物园要他。结束他悲惨的生活，让他长眠吧。"

我们永远不会弄掉克里斯蒂安的爪子，然而，尽管她对克里斯蒂安在索菲斯托凯特和我们一起生活的情况缺乏正确的判断，我们其实和她一样担忧他的未来。

5

一个建议

到了一九七〇年四月，克里斯蒂安厌烦了。这时他已八个月大，长得很快，索菲斯托凯特快住不下了。生活成为翻来覆去的老一套，看起来已不再有什么惊喜可以给他。让他生气的是，楼梯上他喜欢坐的那个地方已坐不下了。他可以极为轻松地爬到店里的任何家具上面，他已有一百三十磅重，一不小心就足以打碎平板玻璃窗。他需要更多自由，而我们能给的只是更少。现在他已有造成严重破坏的能力，一旦他想做坏事，我们知道自己根本控制不了他。先前可以为商店招揽顾客，现在他的体形开始吓跑顾客。一天下午，曾演过〇〇七的男演员乔治·拉曾贝同我们的一个朋友一起过来。当时克里斯蒂安正坐在橱窗里，即便是乔治，再怎么劝也死活

几天后，比尔和詹姆斯·希尔来到索菲斯托凯特，后者是《生而自由》的导演。我们奇怪为何詹姆斯会来，为何他问了许多关于克里斯蒂安的问题。随后，比尔邀请我们去他位于杜金附近雷特山的家中赴宴，我们又惊又喜。他说他会让我们看一部他制作的纪录片，是关于那些生在囚笼里的狮子的。

与电影明星吃饭。一切看起来都恰如其分：詹姆斯·希尔开着他的劳斯莱斯到索菲斯托凯特捎上我们，在“世界尽头”人们惊讶的目光中，我们神气活现地飞速驶向萨里郡。饭后我们观看了比尔的电影《狮子是自由的》，这个电影讲述了那些参加《生而自由》电影拍摄的狮子们后来的事情。《生而自由》用了二十四头狮子，但与电影的主题相背，经过乔伊、乔治、比尔和弗吉尼亚长时间的争取，乔治只被允许将其中三头放归原野，其余的都不会有机会过上自然的生活。在影片《狮子是自由的》中，比尔访问乔治成功放归自然的那三头狮子，尽管他们已三年没见比尔了，但依然记得他，他受到了他们的欢迎。

电影拍到弗吉尼亚去维斯纳动物园看望小伊尔莎之后便结束了，小伊尔莎是她在拍摄影片《生而自由》时特别喜欢的一头母狮。弗吉尼亚呼唤她的名字，小伊尔莎立刻认出了她，赶紧跑到兽栏的栅栏前。弗吉尼亚该如何向她解释，为何他们不能像过去常做的那样彼此问候？克里斯蒂安的状况极为明显地与之相类似，就在几个星期里，我们有可能不得不宣布，他也得处于同样的毫无意义的生存状态。意识到我们的情感，比尔微笑着说：“我想我们能帮你们解决克里斯蒂安未来的问题。我们愿意安排他飞到非洲，在那里乔治·亚当森可以将他放归原野。”

这就如同监禁判决突然间直接撤销了。在所有出生在欧洲的狮子中，克里斯蒂安史无前例地获得了缓刑。他将回到他的故土。在索菲斯托凯特初识克里斯蒂安之后，比尔就与在肯尼亚的乔治·亚当森联系。让一头来自英格兰的狮子重回自然，乔治对这一实验产生了极大的兴趣，而且他确信一定能成功。比尔和詹姆斯想为电视台拍一部纪录片，聊以弥补此事所需的巨大开支。

我们并非完全赞同比尔和弗吉尼亚的建议。我们确实担心，由于我们让克里斯蒂安过着这样不自然的生活，一种不像狮子应该过的生活，其程度或许已使其回归自然变得不可能。乔治深信不疑地对比尔说，克里斯蒂安还非常年轻，狮子得经过许多代的囚笼生活，本性才会有所削弱。乔治想创造一个人为的狮群，克里斯蒂安将被吸纳其中。我们将陪伴克里斯蒂安一起去肯尼亚，帮助他开始适应新生活。乔治则会与狮子们生活在一起，喂养他们直到他们创建自己的领地，并真正可以像一个种群那样生活。

我们明白，不能想当然地以为克里斯蒂安会过上长期的自然的生活。一般来说，狮子在动物园里可活十八或二十年，但在自然状态里只能活大约十二至十五年。他们必须与其他狮子为争夺领地而战，也必须面对令他们的猎物数量下降的旱灾，只有最强者才能活下来。当狮子捕猎诸如水牛那样的大型动物时，如果不能一击即中的话，他们很容易受伤，或者被杀。有着切尔西这段经历的克里斯蒂安，一开始就将处于不利地位。然而，他毕竟可以就此逃离那种长寿、安全但漫无目的的囚笼生活，并且有机会到属于他自己的自然环境中去冒险。

在回伦敦的路上，我们兴奋地谈论着生活的不可预知性。如果不是我们而是别的什么人在哈罗德买走了克里斯蒂安，现在他会在哪里？如果比尔和弗吉尼亚没来索菲斯托凯特，事情又会是怎样？他们无意中走入我们的克里斯蒂安的未来难题，并卷了进来。买下克里斯蒂安，我们给自己的生活增加了新的维度，没想到现在也给他的生活带来了新的可能性。就我们而言，这将始终是一段难以忘怀的经历，但如果克里斯蒂安最后在囚笼里度过余生，这也将会是一段想起来让人遗憾的经历。如今，乔治·亚当森给我们的克里斯蒂安——一头似乎注定有着不同凡响命运的狮子——的困境提供了一个完美解决方案。就在我们回到伦敦的那天夜里，克里斯蒂安恰逢其时地初试其狮吼。虽算不得成熟，但气概已依稀可辨，令我们感到无比的骄傲。

6

狮子在“世界尽头”

比尔·特拉维斯飞往肯尼亚，协助业已与肯尼亚政府开始的谈判。他相信这一不同寻常的项目会通过，但计划比预期的要复杂得多。原则上，准许拍摄纪录片不存在问题。这是对肯尼亚很好的宣传，有助于吸引更多的游客，他们仍然是国家主要的收入来源。即便其初衷是维持旅游业，但大部分非洲政府那时也越来越明白留存和保护动物的必要性。在政府进行干预的那些年里，人们意识到必须采取更多紧急行动，而人类与野生生物争夺生活资源和栖息地的斗争也在令人担忧地加速。同时，肯尼亚政府对记录乔治·亚当森放归狮子的方法，特别是针对一头来自英格兰的狮子的独一无二的科学实验记录，也颇有兴趣。

往后一蹦，但脚下一滑摔倒了。他赶忙站起身来，走向店堂的另一头。我们想这下子完了，黑色的地板上留下了白色的爪印，明天一早就要上镜的克里斯蒂安已让人认不出来，成了一只白色的动物。直到深夜，我们俩一个重新油漆地板，另一个则在地下室里，用毛巾和松节油拼命地把克里斯蒂安弄干净，而他还以为这只不过是一个新游戏呢。

第二天索菲斯托凯特就成了电影的布景。一开始，耀眼的灯光把克里斯蒂安照得头昏眼花，没见过的设备和摄影人员也让他感到慌乱。然而，这一切却有助于让他保持不同寻常的顺从，只有几次他赶走了身边的工作人员。比尔和詹姆斯熟悉如何拍摄动物，他们非常耐心，从不颐指气使。克里斯蒂安已厌倦了店里千篇一律的老一套生活，这天的一切让他很喜欢，他非常配合，以致比尔称他为“一条即过的狮子”。结果我们也得全程参加拍摄，但是我们发现，如果将更多的注意力放在克里斯蒂安身上，我们就可以忘记摄像机的存在，克里斯蒂安表演得棒极了。不幸的是，我们本来就没几句的对白，还由于发音“太过英国味”，而被重新精心配音，成了土腔浓重的澳大利亚口音。

下一日，我们去摩拉维亚大院拍戏，但克里斯蒂安不高兴这么多人分享他的花园，非常不配合。这或许是由于他强烈的领地本能。尽管他平时喜欢追着足球玩，这天他却对足球置之不理。比尔和詹姆斯想拍几个慢动作连续镜头，但当我们终于让克里斯蒂安跑起来或动起来时，他一听到拍慢动作的摄像机的噪声响起,马上就停了下来。最终我们黔驴技穷，只好坏了我们的规矩，让他来追逐我们。克里斯蒂安无法抵御这一诱惑，甚至不敢相信自己有这般好运气。结果除了我们的衣服被扯破之外，这一天的拍摄任务还是快乐而有价值地完成了。

几天后，我们看了前两天的工作样片。克里斯蒂安看起来很漂亮，他奔跑和游戏的慢动作连续镜头让人看得目瞪口呆，我们，甚至是比尔或弗吉尼亚，此前也从未看过狮子的慢动作。这是我们第一次真正欣赏到他的力量、威力和堪称完美的协调性。

这或许是克里斯蒂安最后一次去摩拉维亚花园，因为尽管极为喜欢克里斯蒂安，摩拉维亚教会的牧师还是不太情愿地告诉我们，他不能再让他来这里锻炼了。他自己是非常宽容的，但还有其他人进花园，现在不能指望他们也像我们一样能应付克里斯蒂安暴烈的行为。那天他死活不肯从牧师的车子顶上下来，也是一个主要的诱因。但当我们告诉威廉姆森牧师大人，个把星期后我们就要去肯尼亚了，他友好地妥协了，允许我们早晨六点三十分可以去花园。我们的生活由此必须做相当大的调整，如今克里斯蒂安觉得索菲斯托凯特越来越单调而令人沮丧。他沉闷的一天需要靠下午的外出来调剂一下，为此，早晨的锻炼不怎么适合他。比尔和弗吉尼亚建议，在他们雷特山大房子的花园里为克里斯蒂安建一个兽栏，这样我们仨都可以住在那里，直到去肯尼亚。

兽栏完成之后，克里斯蒂安便永远地离开了国王路和伦敦。他在“世界尽头”的许多朋友聚在一起向他道别。在担惊受怕了几个星期之后，终于可以解脱了，留下的只是快乐的回忆。但我们还是有所感伤：我们与克里斯蒂安在伦敦度过的五个月快乐、不可复制的时光已然流逝。

7

乡村生活

比尔和弗吉尼亚在雷特山的大屋，周围环绕着迷人的漫步花园，尽管离伦敦不过三十英里，却可俯瞰一片自然美景未遭破坏的乡村谷地。我们抵达时，他们的孩子和狗已被安全地安顿在了屋里，克里斯蒂安品尝到了自由在非洲向他招手的滋味。在他的生活中第一次想干什么就可以干什么。他在草地上东奔西跑，偶尔停下来闻闻黄水仙的花香，穿过圆叶风铃草进入树林。这里环境虽美但不适合狮子。他不停地跑回来，向我们表示他是多么的快活。

克里斯蒂安必须生活在兽栏里，但还好他看起来很喜欢这样。兽栏长二十五码宽十五码，四周由一棵大树、几丛灌木和一座吉普赛式活动房围住。他非常兴奋，以至于反应是

菲斯托凯特，如果克里斯蒂安不得不待在地下室，楼上发生的事他是不知道的。他不喜欢有被排斥在外的感觉，希望有决定自己是否愿意参与的自由。在雷特山，一排十二英尺高的金属栅栏，让他看到了自己被排斥在外的诱人的游戏，但却阻止了他的参与。除非我们和他在一起，否则他就得在栅栏前沮丧地踱步，并很快沿着栅栏踩出一条道来。至此兽栏或已成为一个兽笼，他在里面以同样的毫无意义的方式踱着步子。克里斯蒂安和那几条狗起初彼此好奇，但很快就都觉得索然无味了。但如果某条狗闲逛得忘乎所以，过于接近栅栏，克里斯蒂安会紧张地蹲伏下来，放平耳朵，想象自己没被看见，却忘了自己的尾巴正激动地挥来挥去。随后他冲向栅栏，成功地吓跑了那条狗。这一举动，加上他多次悄悄地追踪并将我们几乎扑倒在地的做法，让我们觉得乔治是对的，他的自然本能没有被削弱。

我们决定在雷特山的一条小道上，让克里斯蒂安为将来在非洲的生活做些准备。与我们在朗利特野生动物园和普通动物园看到的狮子相比，克里斯蒂安在同龄的狮子里体形是大的，但为了新生活，他必须尽可能地强壮。经过持续的锻炼，加上这种户外生活，他看起来更健康，并不断迅速成长，如今他的身体与他的头和爪子更加合乎比例了。在他爬过的那棵树上，我们用绳子挂了一个塞满稻草的麻袋，他喜欢攻击它，常常让它整个地摆离地面。这对肯尼亚的生活很实用，并有助于他的肌肉生长。他已学会在和我们玩的时候，始终收起爪尖。一英寸长的尖利爪尖是狮子的重要武器，攻击麻袋可以锻炼爪子的力量，并教会他如何更有效地使用它们。我们还改变了他的食谱。野生狮子通常夜间捕食，食谱颇杂。如今，早晨我们给克里斯蒂安喂少量的牛奶和法瑞斯食品，晚间则是一顿大餐。除了给他吃生肉之外，还有肉干、胡萝卜和牛肝，有时我们给他吃一只牛头或牛胃。他住在雷特山人们大多不知道，当地的屠夫对我们的肉食要求大惑不解，他问道："你们俩到底在喂什么东西，一条鳄鱼？"尽管他知道我们和比尔和弗吉尼亚住在一起，可无论如何也想不到那是一头狮子。

克里斯蒂安的新食谱改善了他的皮毛。他的皮毛变得更厚实更柔软，呈现着漂亮的狮褐色。部分黑色鬃毛更为明显，他正长成一头极为英俊的狮子。他比过去花更多时间清理和打扮自己，尽管他从不像大部分家猫那样吹毛求疵。他的舌头已非常粗糙，以致舔我们脸时几乎会拉出血来。他的乳牙掉了，在损坏了活动房所用梯子的几级横档之后，几颗新牙长了出来。

在雷特山，他有更多的机会表现自己。由于我们有更多的时间和他待在一起，并从远离城市生活要求的角度欣赏他，我们与他的关系发展得更为深入，更为亲切。每星期尤妮蒂从伦敦来好几次，来了就陪他一天，还发明了一些新游戏。他特别喜欢和她玩“手推车”游戏，并越来越擅长拍人脚踝把人绊倒的把戏。他有各种各样的玩具，一个新轮胎，几丛灌木可以玩躲猫猫。他心满意足，我们也觉得他好玩极了，有着无法抵挡的魅力。就他的体形而言，他跟我们玩的时候已算是极为文雅，并且依然很听话。我们的访客进入兽栏与他待在一起，那是绝对安全的，除了孩子，他们偶尔会被他拍倒在地。随时准备玩“手推车”游戏的狮子，除了有幽默感之外，必定爱人类。

有时逢到天雨，他变得更具野性，这时我们会待在兽栏外。当他知道自己可以扑过来用巨大的前爪抱住我们，以此阻止我们离开时，这段日子对我们来说就不太好过了。我们拍打他只会让他更坚决。况且在这种状况下拍打一头狮子实属胆大包天。但过了几天，他逐渐明白这种做法是适得其反的，因为这将导致我们跟他待在一起的时间更少。他决定最好还是继续合作。

我们买下克里斯蒂安时，他还很小，我们花了几个月时间才与他建立起稳定的关系。为此，我们钦佩比尔和弗吉尼亚在《生而自由》中扮演角色，与作为演员的许多成年狮子一起工作的勇气。他们没什么机会与这些狮子建立类似我们与克里斯蒂安那样的关系。由于克里斯蒂安很快就将去非洲，就比尔和弗吉尼亚而言，对他特别友善并无实际意义，但他们还是经常到兽栏里来看他。当他们与他在一起时，多次与狮子相处的经历使他们显得游刃有余。

克里斯蒂安在雷特山的生活一直由摄像机记录着，其重点尤其关注他复归自然的开始。他对纪录片导演詹姆斯·希尔非常着迷，我们的大部分时间都花在了不让他扑向希尔。詹姆斯坚称自己不害怕，但只是不想让他"扯坏了自己的新裤子"。每天我们拍摄时，他似乎总是穿着新裤子，并且在兽栏外执导更舒坦些。

比尔决定拍一段克里斯蒂安第一次造访英国海滩的场面，对此我们不是很热心；凌晨三点不是开始一天生活的好时候，并且我们知道，在往返六十英里的路途中，克里斯蒂安可能会伤害到我们。如今他太大了，小车已装不下了，我们只好上了比尔和弗吉尼亚的多摩柏车，那是一种可用作活动房的行卧两用车。这也是我们第一次看英国海滩，灰暗、阴沉，阒无一人。但黎明很美，我们拍了几组克里斯蒂安以及我们四个沿海滩奔跑的镜头。他根本不想下水。他喜欢外出，但对于每次都得拴着皮带等待摄像机摆好位置，他感到厌烦。现如今，惹恼像他那么大的狮子绝非明智之举，于是我们带他回家。他留在海滩上的爪子印在接下来的白天里必定会使来游泳的人大惑不解。

克里斯蒂安在雷特山已待了十个星期了，他的生活正逐渐丧失趣味。我们也是如此：我们的活动房似乎日渐缩小。这段时日霪雨霏霏，无尽的拖延教人情绪低落。克里斯蒂安又开始垂头丧气，我们感到，在索菲斯托凯特最后几星期时的那种极度紧张感再次出现。他偶尔会攀爬兽栏的栅栏，于是我们加装了顶棚以确保安全。我们希望那只是他吸引我们关注的一种方法而非逃跑的尝试。

一九七〇年八月十二日，克里斯蒂安过了他的第一个生日。尤妮蒂为他做了一个肉糜蛋糕。蛋糕上插了一支蜡烛，在克里斯蒂安吃掉蜡烛和蛋糕之前，我们许了一个愿：让他快去肯尼亚吧。

8

克里斯蒂安的父母

我们必须为克里斯蒂安去肯尼亚的行程做准备，因为飞往首都内罗毕的漫长航程会是一场痛苦的煎熬。他将乘坐东非航空公司的飞机，按规定要装入板条箱，安置在增压货舱内。飞机得飞十一个小时，但由于克里斯蒂安在雷特山就得装入板条箱，因而他至少要被关上十五个小时。当比尔与航空公司商谈行程安排时，航空公司代表说道：“看起来这是个错误，特拉维斯先生。您不是真想要将一头狮子从英格兰运到非洲去吧？那无异于‘拿块煤给纽卡斯尔’[①]。”

我们为克里斯蒂安的航行做了全面而彻底的调查，并打电话给几个动物贩运商和动物园，以期获得英国安全运输奇

①英语俚语，因纽卡斯尔盛产煤炭，故有“多此一举”之义，第九章标题亦出于此。

野生狮子会在猎物中间休息，直到再次感到饥饿，与之不同，布彻和玛丽每天有人喂养，于是他们夜里不会怒吼，也就不会惊扰附近的度假者。克里斯蒂安看起来同他英俊、鬣鬃浓密的三岁大的父亲非常相像。他们是恩爱的一对，但不停地在小小笼子的水门汀地上踱步。动物园的主人准备出售他们，开价五百英镑，但我们不敢问比尔，是否布彻和玛丽也能去肯尼亚。

我们向主人打听克里斯蒂安姊妹的情况，他告诉我们一个动物贩子的名字，他把她们卖给了他。我们联系了这个动物贩子，但由于他在一九六九年卖掉过五十八只幼狮，并没有留下任何记录，他能说的就是，他认为她们被卖给了一家马戏团。克里斯蒂安在哈罗德的姊妹，她曾被叫作玛尔塔，被人用一张假支票买走，随即又被转卖给不愿披露姓名的第三方。下面这封寄给哈罗德采购员罗伊·哈泽尔的信提供了一些解释：

HM 监狱
乔布大街
布里克斯顿
伦敦，SW2

一九六九年十二月二十六日

亲爱的先生：

有人告诉我，你和你的同事，那位女士，担心我从你们那里弄到的那只小狮子的情况。我可以让你们把心放在肚子里，并且告诉你们，它现在住在一个很好的家里，那里有个很好的有供暖的牲口棚，还有大花园可以玩。两个好女孩把它当作家里的宠物来照看，它还能吃上最好的食物。每天有一打鸡蛋和新鲜的牛奶，还有许多肉吃，它可是在一个电影明星的家里。因此别为它担心，并告诉那个曾照看过它的女士，它不可能找到比这更好的家了。这会使她稍稍安心一点，因为我晓得她非常喜欢它。请别担心，它正受到很好的照看。

您真诚的，

J.R. 斯代尔斯

尽管有这封信，并且也进一步地努力寻找过玛尔塔，但她仍杳无音讯。

看起来具有讽刺意味的是，许多狗和猫有谱系，但居然几乎没有可能追溯一头狮子的生平，因为极少有记录保留下来。今天这一情况发生了巨大的变化，因为差不多只有主要的国家动物园才能避免关门的噩运，因此为了保护基因库，必须保留单个动物的准确记录。布彻是从鹿特丹动物园买来的，或许与伊尔莎有亲属关系，因为一九五六年乔伊和乔治·亚当森曾将伊尔莎的几个姊妹送到鹿特丹。克里斯蒂安的家族史，是被囚禁动物的令人抑郁的命运的典型写照，我们购买克里斯蒂安即在无意中成为延续这一状况的共谋。

我们不可避免地会将克里斯蒂安的未来与他父母的生活做一番比较。自由取代了水门汀、栅栏和厌烦。我们从未见过哪家动物园里的动物既被成功地圈禁起来，同时又能生活得快乐的。应不断对动物园加以监控，使其保持一定的标准。尽管如此，我们觉得，一味地反对动物园也是不现实的，因为今天的动物园进行着极有价值的科学和基因研究，它们将确保一些濒危物种得以保存。诸如阿拉伯大羚羊、南非的白犀牛以及肯尼亚和坦桑尼亚的黑犀牛等在其自然栖息地已近乎灭绝的动物，已得到了拯救。

克里斯蒂安唤醒了我们身上对于所有动物的普遍责任感。比尔和弗吉尼亚都说过，在拍摄《生而自由》时与狮子们相处，对他们的生活产生了巨大的影响，我们也时常与他们探讨野生动物留存和保护问题的各个方面。我们第一次认识到人类是多么短视。当时我们谈及的许多问题，日后变得越发迫切，包括人类和野生动物对于栖息地、资源，包括水源的争夺日渐激烈，环境的日益恶化，以及全球变暖的后果等等。就我们而言，越来越明显的是，人和自然是相互联系的，并且，任何解决方案都必须是全面的。

坐在雷特山上的活动房里，我们决定创建一家世界最佳动物园。我们的动物园将成为所有动物园的模范，尽可能为圈禁中的动物提供最好的生活条件，人们可以获得关于动物生活的最新信息。世界上的专家将与一流建筑师和设计师协同工作，创造一个最为周全而精密的自然环境。除了我们完美的展出对象——更健康、更快乐的动物之外，我们将还设立几个讲堂，动物学家和其他专家可以在那里面讲演，还可以播放反映动物自然生活的野生物种纪录片。我们还要设几家书店，一个收藏图书和影片的图书馆。我们的动物园将成为研究和信息中心，为世界各地的人们提供保护和照看圈养动物方面的标准和建议。

我们开始考虑如何能为克里斯蒂安设计一个更合意的兽栏，让他感觉更自由些。为什么如此之多动物园的动物，不得不生活在有着如此单调划一，没有丝毫变化，实用但冰凉的水门汀地板，并且设计上没有任何想象力的兽栏和笼子里？为什么没有这样的兽栏，中间是封闭的走廊可以让人步行穿过，而动物则可以在人类周围几乎所有地方自由地活动？在那里，至少被限制的感觉会有所转换。今天回头看去，我们高兴地发现，人们在重新设计和建设围场时采纳了上述的某些想法，并且动物的福祉逐渐居于优先考虑的地位。德国的法兰克福动物园是这方面的领先者，还有，在悉尼的塔荣佳公园里，人们已设计出了一些富有想象力的围场。

我们在雷特山等待的时间实在太久了，以致克里斯蒂安又长大了一圈，装不进原先那个板条箱了。我们注意到，当他被赶进箱子的时候，有时会失望地用爪子抓竖直排列的板条，并磨破他的肉掌。在定制下一个更大的板条箱时，我们要求板条水平排列，这样他再抓板条时就不会伤着自己了。尽管这家公司为动物园和动物贩子制造板条箱已好多年了，但从未有人要求他们做这一相当显而易见的改进。在我们看来，这似乎表明那些贩卖动物的人是多么的麻木。

在雷特山待了三个月后，我们开始对乔治能否为克里斯蒂安找到合适的地点感到绝望，并担忧出现种种变数，我们可能要被迫去面对。无尽的拖延和逼仄的生活条件让我们沮丧。至此，我们已不那么对明星着迷了，我们怀疑自己会在电影里被描绘成什么样子，同时担心，克里斯蒂安正逐渐沦落为比尔·特拉维斯和弗吉尼亚·麦肯娜又一部野生动物纪录片中的又一只动物而已。但克里斯蒂安的故事是独一无二的。他无疑是这部电影中的明星，而我们全是小角色。随后，就像在伦敦那样，当情况看起来逼近崩溃临界点时，预示克里斯蒂安生活中的下一幕即将拉开的信号便会适时出现。乔治·亚当森发来了一份电报。几天后，克里斯蒂安将离开英格兰远赴肯尼亚。

9

“煤块回归纽卡斯尔”

一九七〇年八月二十二日下午三点三十分，克里斯蒂安被装入板条箱，这一装不是惯常的几分钟，而是至少十五小时。如注的大雨是他对英格兰的最后记忆。喂他吃了几片肉，里面放了些温和的镇静剂，随后我们把箱子抬上货车，准备驶往希思罗机场。狮子不会有什么行李，我们将他的皮带留下，因为它已再无用处了。事实上，尤妮蒂已来过雷特山向他道别，眼泪汪汪地承诺将去肯尼亚看他。

跟着比尔和弗吉尼亚的车，我们和克里斯蒂安坐在货车里前往机场，克里斯蒂安有些迷惑，但并未恐慌。载着我们摄影师的那辆车被警察拦了下来，因为既没有事先申请拍摄，又无视交通状况，造成了交通堵塞。然而，弗吉尼亚·麦肯娜

他还活着！他的苦难经历快结束了，但他已不再平静，显得相当地狂躁不安。乔治·亚当森将在那里与我们见面，他安排将克里斯蒂安运到一处关动物的兽栏，让他在那里等着，而我们则去过移民局和海关的检查。克里斯蒂安从板条箱里放出来，得了大解脱，热情地迎接我们。乔治称他为"英俊友善的小家伙"。尽管既没有受伤也没落下疤痕，克里斯蒂安走起来还是摇摇晃晃的,并且看上去已筋疲力尽了。他双眼昏花，皮毛无光，似乎瘦了些。但我们几乎不能相信，经过了种种拖延和阻碍，克里斯蒂安已安然抵达肯尼亚，逃脱了在英国于圈禁中度过余生的命运。

我们终于见到了乔治·亚当森，他曾放归了伊尔莎，是世界上最了解狮子的人，他将引导克里斯蒂安回归自然。他出人意外的瘦小，且衣冠楚楚，穿着熨洗得整整齐齐的旅行装，一头拾掇得妥妥帖帖的灰发，颏下一丛尖尖的山羊胡子。他话虽不多，但蓝色的眼睛目光灼灼，似乎在检视我们。他说克里斯蒂安一下子就博得了他的信任，而对我们则没什么把握！几天之后，他与我们相处才显得自在随和。他聪明风趣，承认自己对放归克里斯蒂安这一艰巨任务充满兴奋之感和热切之情。

肯尼亚政府指定的目的地在加里萨附近的科拉，位于内罗毕东北二百八十英里处。去科拉的路途，最后的二十英里是乔治的兄弟泰伦斯·亚当森和一个非洲劳工从灌木丛中披荆斩棘开辟出来的。比尔和乔治决定整个行程分两段走，以便有充分的时间准备好营地，迎接我们的到来。同时，这对克里斯蒂安而言也更舒服一些。

之所以会把科拉给我们，是因为别人都不要。乔治描述，那是肯尼亚一处荒凉、没有吸引力的地方，几乎没有非洲人居住;那里有携带病菌的采采蝇，到了雨季，那里便进不去了。猎物虽然谈不上丰富，但对于克里斯蒂安和乔治打算构建的狮群中其他狮子来说是足以喂饱肚子的。为了独家使用这块无人要的地方，电影公司必须一年支付七百五十英镑。

克里斯蒂安将在机场的临时兽栏里待两天。我们则待在内罗毕，每天几次开车去那里看他，喂他吃食。如果我们不在那里，显然他是乐于睡觉的，但此次飞行似乎已让他精疲力竭，找不到北了。我们的到访吸引了巨量的非洲人跑来看，我们了解到其中大部分人从未见过狮子，或许多别的本地动物。直到二十世纪七十年代早期，只有游客有钱去狩猎公园。每次克里斯蒂安走向兽栏大门，人群便惊恐地向后退去。我们在机场同各色官员交谈时发现，他们显然不明白我们为什么要放归一头狮子，更别提还如此破费从英国航空运一头过来。

我们参观了内罗毕国家公园，看到许多动物在自己的自然环境中生活，尽管那里离内罗毕仅十五英里，清晰可见希尔顿酒店矗立在地平线上。比尔找了个机会，将电影中在英国拍的部分毛片放给乔治和其他几个人看，乔治也是第一次看到由摄影机拍下的狮子慢动作镜头，对此他特别感兴趣。

两天过去后，克里斯蒂安完全恢复过来了，于是第二天清晨，我们乘坐几辆陆虎越野车离开内罗毕，开始第一段行程。克里斯蒂安坐在乔治的陆虎车后部，让我们担忧的是，他不停地走来走去，很快他的鼻子和额头就在将他和前座隔开的铁栅栏上磨出几块斑痕来。我们不时地停下来给他喝水，努力安抚他，乔治或许会认为我们没有必要担心那头让我们娇惯坏了的狮子。有一次停下来时，乔治警告我们，如果我们让克里斯蒂安下车，他可能会跑掉，但当他出乎乔治的意料，顺从地跳回车里的时候，我们感到非常的骄傲。

随着时间的推移，我们的周围越来越热，越来越干，越来越荒凉。乔治描绘的科拉让我们沮丧，现在我们亲眼看到了克里斯蒂安将要生活的这个国家的自然状况。我们开了二百英里，在夜幕快要降临的时候抵达了一个临时的营地，这是由雇来负责照料我们的旅游公司准备的，我们将在这里

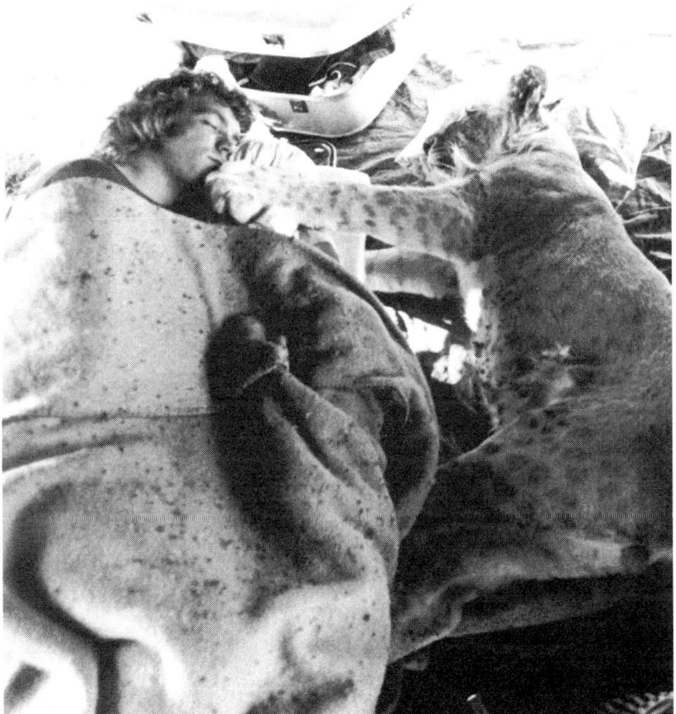

过两夜。克里斯蒂安累坏了，我们领他进了特意为他而建的一个小兽栏。我们决定把床都安在兽栏里陪他，他迅速地爬上其中的一张，倒头便睡。这便是他在非洲原始荒野的第一夜！

在宁静而凉爽宜人的非洲夜晚，我们坐在一张华丽的桌前，身穿松垂土耳其袍、红色西班牙短上装，戴着帽子的非洲人，给我们端来美味的有三道菜的大餐。这是一场似乎不太真实但让人愉快的意外。席间，乔治颇为随意，让我们直呼其名，并告诉我们另外几只狮子的事情，他们将和克里斯蒂安一起放归自然。为了建立这个人工种群，已有两只狮子等在奈瓦沙。其一是卡塔尼娅，一头四个月大的母狮，被人发现并交给了乔治，据推测她的母亲已经死了。另一个名叫男孩，一头七岁大的雄狮，曾有过非凡的经历。

一九六三年，还是小宝宝的男孩和他的姊妹女孩遭遗弃或是迷了路，驻扎在内罗毕附近的苏格兰近卫团掌旗军士李夫斯发现了他们。军士的妻子海德加德和两个年轻的女儿关爱有加地将他们养大，他们非常友善而讨人喜欢，以致成了团里的吉祥物。近卫团要回英国的时候，甚至有人提议让男孩和女孩跟他们一同回国，幸运的是他们被交给了乔伊和乔治·亚当森以放归自然。在回归原野之前，他们俩曾被用于电影《生而自由》，女孩扮演伊尔莎。这部电影中用过的狮子大部分被卖给了动物园和马戏团，这激怒了乔伊、乔治、比尔和弗吉尼亚，同时也引发了广泛的争论。一九六五年四月，男孩和女孩与乔治一起搬到了梅鲁国家公园。

他们的放归是成功的，但在一九六九年十月，乔伊纯粹偶然地发现消瘦而受了重伤的男孩，这可能是一头水牛造成的。资深野生动物兽医托尼·哈尔松博士和他的妻子苏给他动了手术，经过复杂步骤，他们将一根钢钉植入男孩的腿中。乔伊和乔治在奈瓦沙护理了他九个月。事有凑巧，比尔因克里斯蒂安的事情联系乔治时，适逢男孩近乎痊愈可以再次放归。乔治将离开营地几天,去奈瓦沙将男孩和卡塔尼娅带过来。

第二天早晨，克里斯蒂安开始了他在非洲的第一次漫步。我们具象征意义地取下了他的项圈，现在可以永远地抛弃它了。我们与比尔和乔治一起跟在他后面。乡野凄清荒芜，只有一些带刺的灌木欣欣向荣，一切平淡无奇。在伦敦家具店里显得如此庞大的克里斯蒂安，在周边一切的映衬下显得又矮又小。天气极热，他只是静静地走，默默地承受着一切。凭着本能，他知道如何用牙齿把刺从他柔软的脚爪上拔除，我们看出，他皮毛的颜色是一种自然的伪装色。显然他来对了地方。

由于这是一个缺水的地区，我们认为不太可能看到其他

清晨天气尚未炎热之时，或是时近傍晚，我们和克里斯蒂安一块儿去散散步。我们将永远不会忘记，在英格兰过了八个月饱受约束的生活之后，仅仅和他一起散步就能感受到自由。他大摇大摆地在前面开路，而且总是要走在最前头。但他还是服从纪律听指挥的，没有一点自说自话乱走的意向。所幸其间我们没有遇见任何其他动物，因为在那次遭遇贡比之后，我们知道自己没有能力阻止他。如果我们下河游泳，他就坐在阴凉的地方看着。隔着河冲他吠叫的狒狒让他着迷，同时他还观察着偶尔露出水面的河马，至于鳄鱼，我们一露面，就全都滑进了水里。

拍摄工作仍在断断续续地进行着，让所有人惊讶的是，“国王路的澳洲佬”比摄制组的英国人更快地适应了非洲。我们习惯于炎热，从未晒伤，会开车，有良好的方向感，喜欢原野，在河里游泳，而且，事实上日后与狮子们相处也显得自信和自如。

在好几个方面克里斯蒂安还是菜鸟，要学的东西很多。他的大脚爪还颇为笨拙，不能靠它爬上岩石，我们常常得演示给他看或者帮他一把。他生命中第一次不再离了我们就无法娱乐，但对于他没有兴趣自己进行探究活动这一点，我们稍稍有些担心。我们清楚他自己会将脚爪肉掌上的刺拔出来，但他常常弄出一副没有办法的样子，等着我们帮他拔。他的肉掌仍然柔软，但由于长时间行走，也由于这些刺，它们已开始坚硬起来。

他心满意足，自由自在，对我们极为和善。尽管现如今他已是庞然大物了，但不时地还会不由自主地扑到我们怀里，这一充满爱意的举动现在几乎已能将我们撞倒在地。很快别的狮子就要来了，我们希望他们会让他的生活更完满。

10

狮子世界里的狮子

当乔治去奈瓦沙接男孩和卡塔尼娅来，而我们待在河边的时候，泰伦斯·亚当森则忙于在离塔纳河几英里的景致稍逊的地方，为乔治建一个长久性营地。这将可以阻止狮子们游过鳄鱼出没的河水到对岸去，对岸是一个“狩猎区”，猎手付钱办了执照后，可以在那里猎取特定的动物，而狮子在那里却有实实在在的被射杀的危险。乔治打算在科拉生活两年，以便有时间建构一个狮群，同时狮子也有机会建立他们的领地，并学会独立活动。这第二个营地有两个铁丝网围成的大兽栏，里面安了几间简陋的小屋和几顶帐篷。

几天后，乔治带着男孩和卡塔尼娅回来，他们直接被带到他的营地去了。经过两天，他们已从长途跋涉的劳累中恢复了过来，是将克里斯蒂安引见给非洲狮子的时候了。在他的回归路上，最初的考验就是他应该能融入与其他狮子共处的生活中去，并且不受他在人类中度过的生活的不利影响。乔治解释，引见将会是一个渐进的过程，或许要几个星期或几个月。他想和克里斯蒂安住在一个兽栏里，与男孩和卡塔尼娅所住的兽栏之间用牢固而高大的铁丝网隔开。相邻而居，他们会逐渐熟悉起来，最后完全熟识。对于任何关系，无论是人类之间还是动物之间，事先都难以猜想其是否和谐，但在这个特殊事例上更甚——克里斯蒂安和男孩年龄不同，而且又都是雄性。

不知会发生什么，既兴奋又担忧的我们领着一无所知的克里斯蒂安去了乔治的营地。他跟着我们进了第一个兽栏，我们看见卡塔尼娅和男孩在另一个兽栏。卡塔尼娅小而聪明，但令我们瞩目的是男孩。他体形庞大，令人印象深刻，站在那里一动不动，双眼盯着克里斯蒂安，而后者立刻意识到了男孩的出现，但甚至不想看看他，而是理所当然地慌乱、害怕起来。我们走向比尔和乔治，他们站在离分隔铁丝网几步远的地方。克里斯蒂安勉强跟着，但慢吞吞小心翼翼在我们后面走着，目光躲避着男孩。他迷惑地蹲在我们后面，靠着我们的腿。卡塔尼娅意识到有事要发生，乖乖地躲得远远的。

突然，伴随着一声震耳欲聋的咆哮，男孩凶猛地冲向克里斯蒂安。受到他体重的重压，铁丝网微微有些下陷，我们都散开了。可怜的克里斯蒂安呆在那里，蜷缩起身子，嗥叫着。男孩一时间心满意足，走开了。克里斯蒂安吓坏了，需要安慰。他倚着我们的腿，坐在我们脚上，坚决不让我们离开。发现自己并非世上唯一的狮子，显然对他是一个打击，更糟的是，他第一次遇到的那位体形至少是他的一倍。我们在离铁丝网几步远的地方等了约半个小时。男孩始终冷冰冰地盯着克里斯蒂安，后者不是坐在我们脚上，就是躲在我们腿后假装睡觉。男孩又冲向克里斯蒂安几次，后者还是退缩、嗥叫。我们离开了铁丝网，首次引见就此结束。男孩的举动恰如所料，他是成年狮子，必定要克里斯蒂安表示臣服，然而乔治指出，克里斯蒂安的行为也不出预料，而且是正确的，在年长的雄性面前退缩，表示服从。克里斯蒂安紧张了一整天，尽管他不断地瞟着男孩，但始终待在我们旁边，离铁丝网远远的。当晚，我们在我们的床中间给他放了张床，但男孩有力而让人不安的吼声把我们从睡梦中吵醒，让我们和克里斯蒂安感到害怕。

第二天的大部分时间，克里斯蒂安都赖在乔治的床上，尽管只要他愿意，就可以自由地离开兽栏。对于他老是待在家里赖在床上，并且看起来对男孩或卡塔尼娅不感兴趣，我

们感到很担忧。他偶尔会冷冷地瞟一眼隔壁兽栏里的他们。但傍晚时分，他走进了离栅栏几步远的范围里。卡塔尼娅走了过来，并真的有点儿跟他调情的意思。克里斯蒂安无疑是有兴趣的，但并未走得更近些。男孩冲向他，他还是退缩。随后他若无其事地返身跑回我们这里，我们感到他跨出了积极的一步。

第二天早晨，乔治在两个兽栏之间安了个小门，这样卡塔尼娅既可以和男孩也可以和克里斯蒂安在一起。关键性的引见虽是男孩和克里斯蒂安之间的，但卡塔尼娅可以起到穿针引线的作用。她试探性地穿过小门两次，但克里斯蒂安确实在床上睡觉，没看见她。我们又一次为克里斯蒂安缺乏与其他狮子交流的兴趣感到担忧。他假装他们不存在，但我们觉得他清楚地知道他们在干什么。

后来我们带他去散步，离开了男孩和卡塔尼娅，他似乎轻松了许多。乡野无边无际地延伸着，只是偶尔有岩石凸起。乔治选择营地地点的依据有多种，但科拉岩巨大的凸起可俯视营地，是狮子理想的观察之地。此地虽不如塔纳河迷人，但也相当漂亮：各种各样的灰色和棕色，干涸的水池四周有一块块绿斑。土地贫瘠，主要覆盖着低矮多刺的灌木，对于狮子而言，这是个艰苦的地方。克里斯蒂安来到了可以称作另一个“世界尽头”的地方。

回到营地，他去撩拨那些正在造小屋的人们：他咬咬人家的屁股和膝盖，跳到人家正准备搬起的东西上。这些非洲人已适应了克里斯蒂安，但对他常常还是警惕小心，因为狮子是他们传统的敌人。乔治饶有兴趣地发现，不像其他狮子，克里斯蒂安没有肤色的偏见。男孩接纳欧洲人，但每次非洲人过于走近他的兽栏，他就会凶猛地咆哮，但克里斯蒂安却不这样，在那个下午，他把我们所有人都逗乐了。他似乎只是在反串一头狮子。

由于骄傲，克里斯蒂安更深地激怒着男孩。他将几乎全部的注意力都放在男孩身上，稍后居然大胆地大步走向分隔铁丝网，并且躺了下来。男孩冲了过来，克里斯蒂安转身逃开。但是几分钟后他又回来了，显然是在撩拨男孩，男孩对这种无礼的举动出离地愤怒，又一次怒火中烧地冲了过来。克里斯蒂安甚至将头从卡塔尼娅进出的小门里探了过去，但男孩一发觉，他就赶紧缩回来。或许始终与他们没有接触让他感到厌倦，但奇怪的是他似乎还是觉得与人类在一起比与狮子在一起更自然。确实我们看来更能欣赏他。

第二天，乔治断定是时候让克里斯蒂安和卡塔尼娅碰面了，自从第一次探险之后便不再愿意离开男孩的卡塔尼娅，穿过小门到克里斯蒂安那里去了。一头完全成熟的狮子和一头四个月大的母狮之间情感如此深厚，这是非同寻常的，因为在自然种群中，成年狮子几乎不与幼狮接触。但自从他们在奈瓦沙共同生活开始，男孩就被分派担任代母的角色，尽管这对他来说是有些尴尬的。

乔治带着男孩离开他的兽栏，安全待在铁丝网另一边的克里斯蒂安在他走过的时候，悄悄地靠近了几步。男孩冲向栅栏，但他的冲击现在似乎已不那么有说服力了，我们疑心他很快就会对这一必要的权威演示感到厌倦。有趣的是，此次他冲击的时候，克里斯蒂安虽仍像平常一样嗥叫，但第一次翻过身来仰卧，这正是男孩所要求的年轻狮子臣服的姿势。

男孩出去后，我们就可以领着克里斯蒂安从大门进入另一个兽栏。他走到另一头，卡塔尼娅在那里踱着步，为与男孩的分离而悲伤。克里斯蒂安自信地上前，他们交换了一个完满的问候，友善地碰了碰头。他兴致勃勃，不断地舔着、闻着她。男孩在外面目击全过程，妒火中烧，但在冲向栅栏以表示他的反对之后，看起来只好听之任之了。

克里斯蒂安和卡塔尼娅玩到了一起，尽管他比她大得多，但他非常温和。很少几次,他过于粗鲁时她会尖叫。他跟着她，轻拍她的后腿，绊倒她。这个游戏是在雷特山的时候，他和

尤妮蒂一起发明的。有一头狮子一起玩，克里斯蒂安很高兴，我们以为，以后他会更加沾沾自喜，不耐烦我们了！

男孩被领进我们的兽栏，卡塔尼娅从小门跑过去迎接他。闻了闻她之后，他做了个鬼脸，露出牙齿表示他不高兴她身上有克里斯蒂安的气味，但另一个步骤开始了。对于男孩和我们一起在我们的兽栏里过夜我们非常不安，因为我们还未被介绍给他。令人恐怖的是，他选择睡在我们的帐篷里，而我们不敢争辩。这真把我们给吓坏了。我们不了解他，他也不了解我们。况且我们还与克里斯蒂安，也就是那个看来是他的威胁的年轻雄性是一伙的。好几次他用巨大的牙齿把我们的臂膊弄起来，此时很难不惊慌。快速、意料之外的动作会惊吓到狮子，其结果是危险的，我们努力显得很放松，不害怕。男孩随地小便，标示着他的领地，我们只好蹑手蹑脚地绕着他走。我们发现他相当难以捉摸，我们私下里觉得，他受了太多的伤，接受过许多手术，用过不少麻醉剂，以致其行为变得难以预测。

下一日，乔治认为过去的时间已足够了，可以在兽栏外把克里斯蒂安安全地引见给男孩了。这是大家期待的碰面，但我们清楚，如果打起来，克里斯蒂安没有任何机会。主意是乔治定的，我们相信他的经验和判断。我们将克里斯蒂安领上营地后面的科拉岩，乔治想让他们在那里见面。随后，比尔和乔治领着男孩和卡塔尼娅从另一个方向上来。男孩和卡塔尼娅在离克里斯蒂安十五码远的地方躺下，克里斯蒂安目不转睛地看着。我们紧张兮兮地站了二十分钟，看着，等着。尽管迫不及待地想与男孩接触，克里斯蒂安还是正确地意识到，轮不到他先动。

最后，卡塔尼娅对这一紧张的局面感到烦了，她闲闲地走向克里斯蒂安，然后他们彼此问候。男孩立刻站了起来，冲向克里斯蒂安。这是非常骇人的时刻，他们的咆哮和嗥叫令气氛更为紧张。克里斯蒂安顺从地翻身仰卧，于是男孩心满意足，在离他几码远的地方躺了下来。尽管他们看起来争斗得很凶，爪子和腿脚飞舞，其实几乎没什么肢体接触，克里斯蒂安看来也没受伤。

隔了十分钟左右，先前乖乖地躲在一边看热闹的卡塔尼娅再次走向克里斯蒂安，引发又一次的争斗。这回男孩最终走开了，将克里斯蒂安扔在那里——他吓得不轻，看上去很悲惨。他走到我们跟前，我们安慰他，和他一起走回营地，注意到他身上有几道爪痕，并且走起来略略有些蹒跚。

尽管这是事先有所安排的场面，但我们确实目击了一头成年狮子和一头年轻狮子自然相识的过程。尽管我们对克里斯蒂安怀有情感，但我们还是感到我们正在侵入动物的社会和礼仪。克里斯蒂安本能地知道自己的角色，并且遵循狮子世界的传统，表示服从。乔治评论道，克里斯蒂安决心面对男孩而不是一跑了之，这显示了他相当大的勇气。克里斯蒂安对卡塔尼娅的好感明显与日俱增，但他急切希望赢得的是男孩的接纳。为此，他必须忍受某些持续、令人不快的，但必要的礼仪。

现在我们都住在同一个兽栏里。又过了几天，克里斯蒂安尽可能在年长狮子允许的范围内接近男孩。如果克里斯蒂安过于大胆，男孩会冲过去，但这样的冲击已不像先前那么剧烈。克里斯蒂安心怀崇敬地关注着男孩，甚至亦步亦趋：跟着他四处转，他坐他也坐，以同样的姿势躺下。我们常看到他在男孩的背面躺着，这是一个聪明的计策，可以让他比正常允许的距离更接近男孩。有时他也和卡塔尼娅玩，但与男孩相比，她处于可怜的从属地位。克里斯蒂安对我们依然情深意切，但他确确实实成为狮子世界里的狮子了。

每天早晨我们出门和乔治还有狮子们一起散步，直到狮子们找到一些阴凉的地方，他们将在那里度过一天里最热的几个小时。克里斯蒂安跟在男孩和卡塔尼娅后面，不过一旦男孩注意到他，他便坐下来，眼睛看着别的地方。下午我们会发现三只狮子待在一块儿，但克里斯蒂安常在几码远的地方，还没被接受入伙。

在科拉，我们与狮子之间结成一种人类与动物的非同寻常的共存关系。这是一种潜在的非常危险的环境，是依靠乔治的经验和他掌握的关于狮子行为的知识，专业创设并加以控制的。乔治对狮子和人类的信心多年来不时地受到诋毁者的质疑，但总的来说，他的信念已被证实是有道理的。我们度过那些荒诞的夜晚，常和三头狮子一起待在我们的帐篷里。卡塔尼娅咬我们的脚趾，偷走我们的毯子，克里斯蒂安躲在床底下，而男孩在发出一阵不服从的咕噜声后，发出雷鸣般的吼声。

几天之后，男孩就以对乔治同样的方式问候我们，把他巨大的脑袋在我们身上擦来擦去。他表面上看起来天性平和，但实则有着自以为是的优越感。就像所有的猫科动物，什么事都得合他的意，他只会做他想做的事。在科拉，拍摄工作仍在继续，我们常常得等上几小时，直到男孩摆好姿势。与之形成对照的是，我们只须将克里斯蒂安带到指定位置，或简单地将他翻转过去面对摄影机就行。我们将男孩称为一头"非凡的"狮子，就身体条件而言他就是这样，但与克里斯蒂安年轻的勃勃生气相比，他也就看起来没什么特点了。我们赞扬男孩只是因为他让我们宽慰：他既没有吃了我们，也没将克里斯蒂安吞下肚。

克里斯蒂安来非洲已有好几个星期了。他硬气了很多，肉掌变得坚韧，他正在成长为一头非常英俊的狮子。比尔称他为“狮子世界里的让-保罗·贝尔蒙多[①]，他指的是当时的一位电影明星。克里斯蒂安身体一直很好，但有一天突然无精打采起来。开始我们以为或许是因为男孩一直不愿完全接纳他而令他感到沮丧，但由于他齿龈发白，鼻子发热，乔治给他量了体温，诊断他得了蜱热。克里斯蒂安对这个病没有免疫力，但所幸乔治先知先觉对此早有预案，所以可以给他注射对症的疫苗。他认为伊尔莎就是死于此病，如果那时有这种疫苗，他或许可以救她。克里斯蒂安重病不起持续了两天，不过此后就很快恢复了过来。

克里斯蒂安终于和男孩相熟了，比尔和摄制组也要回伦敦进行电影的后期剪辑。乔治建议我们也该暂别科拉一小段时间，如此克里斯蒂安可以适应没有我们相伴的生活。我们决定在回来与他们最终道别之前，去肯尼亚的其他一些地方和坦桑尼亚看看。

---

①法国影星，因曾在新浪潮电影《精疲力尽》中扮演一个反英雄的角色而备受当时欧洲年轻人的追捧。曾出演多部名片，影响力至今犹存。

11

向前，克里斯蒂安

在肯尼亚我们参观了马塞马拉国家公园，在坦桑尼亚，我们走访了塞伦盖蒂、马尼亚拉湖和恩戈罗恩戈罗火山口。我们看到了各色各样的动物，比如角马、斑马、羚羊、象群、猎豹和豹子，以及一大群类似火烈鸟的鸟，通常都在壮丽的背景之中。给我们印象最深刻的是绝美的恩戈罗恩戈罗火山口，在那里我们遇见了一些文雅的马萨伊人，他们坚定地捍卫自己的权利，与他们的牲畜一起保持传统生活方式，与那时对土地和资源的争夺相比，今天他们遭遇到的威胁更多。正是在那里，我们第一次看到野生的狮子，三只幼狮和两只母狮。在旅游业成为重要的产业，并给许多非洲人带来工作岗位的同时，也使“野生”狮子的生活发生了混乱，它们对此。”她这么说道。乔伊很想到科拉去看看，但对自己被排斥在那里的工作之外感到生气。尽管靠《生而自由》赚了很多钱，但她从未在经济上支持过乔治的工作。当她访问科拉时，她非常急切地要与克里斯蒂安一起拍照，但随后却又宣称：“是时候了，人类不该再打扰狮子。”这是亚当森夫妇生涯中的难题：他们的工作的巨大成功，让动物获得了独立和自足，却让他们自己成为多余者。

就像许多热爱动物的人那样，她未能从她自己一贯灾难性的人际关系中，或是她对自己的非洲雇员出了名的苛刻态度中，体味出一丝讽刺的意味。一九八〇年，在就报酬问题发生争吵之后，她被她的一个非洲雇员谋杀了。

我们路过内罗毕时，将克里斯蒂安的一份血样交给了兽医托尼和苏·哈尔松。乔治的蜱热诊断是正确的，他们还告诉我们，复发的可能性很小。幸运的是乔治有对付它的疫苗。男孩和卡塔尼娅也很容易染上该病，因为他们曾被从肯尼亚的一处运到另一处。

在漫长的回程中，我们在黑暗里迷了路，当一群看似几乎赤身裸体、手持长矛的战士向我们的陆虎车挥手示意时，我们着实吃了一惊。我们想还是停车为好，但很快将车窗摇上。发现那是一群友善的拿着棍子的非洲小孩，他们不过想要几根香烟时，我们感到有些尴尬。他们用英语为我们指出去往科拉和“白人养狮子的‘坎皮·亚·辛巴’[①]”的方向！

那天夜深时分我们抵达了乔治的营地。他正为克里斯蒂安担忧，他第一次没有在晚上同男孩和卡塔尼娅一起回来。乔治已去找过他，呼叫他，但他没有出现。

然而，在我们到达的几分钟里，克里斯蒂安跑向了营地。我们已经离开两星期了，他极其兴奋地扑到我们身上。乔治相信，我们回来他是有预感的。他认为狮子有一种第六感，这种感觉我们人类要么是失去了，要么是从来就没有。要想见见另外一些由他放回自然的狮子时，乔治常会去一个废弃的营地，几分钟后那些动物便会奇迹般地过来。

克里斯蒂安显然是想我们的，在扑向我们，舔我们脸的时候，他不断发出快乐的咕噜声。我们坐下后，他会爬到我们之一的腿上，随后伸展身体，至少让身体的某个部分，他的前爪，搭在另一位身上。他兴奋地跳上桌子，把一切弄得一团糟，让我们吃不了饭，也不让我们睡觉。

我们高兴地看到，他看上去很不错，乔治也更喜欢他了，同我们一样觉得他很好玩。一天晚上，他很不明智地给他冲了一份奶粉，这是他在伦敦时非常喜欢的食物。这下子好了，

①当地语，意为狮子的营地。

每天晚上克里斯蒂安都跟着乔治到处跑，拍他的脚踝，用头撞他，直到他发了慈悲，给他冲奶粉。

令人失望的是，尽管有了些进展，男孩依然没有完全接纳克里斯蒂安。乔治认为，由于对男孩的崇敬得不到回报，克里斯蒂安有时似乎有些沮丧。他和卡塔尼娅如今已非常友好，乔治认为，现在或许是男孩的嫉妒延长了持续的紧张状态。

他告诉我们，在我们离开科拉时发生了一件意外。他跟着狮子早晨散步，在离营地很近的地方他看到一头巨大的犀牛。男孩和卡塔尼娅识趣地与它保持一定距离，然而乔治警觉地发现，克里斯蒂安开始走向犀牛。他完美地追踪着它，在进入到离它几码远的范围内时，犀牛突然转过身来，看到了他。对于克里斯蒂安的鲁莽行为，它愤怒地喷着鼻息，冲将过去。克里斯蒂安蹿起八英尺高，越过灌木丛，一溜烟地跑了。乔治忍俊不禁，但他希望克里斯蒂安能吸取教训。

男孩花了好几个夜晚试图建立一个领地。野地里曾几次传来一头野生狮子的吼声，男孩选择了与吼声传来相反的方向。然而，一头成年狮子是不可能独力建立一块领地的，乔治告诉我们，他打算接两头母狮来营地。人们给了他这几头年龄与克里斯蒂安相仿的母狮，她们是在多次袭击家畜后被捉住的，若非乔治干预早被杀掉了。

这一回我们只与乔治和克里斯蒂安一起待了几天。每天早晨，我们与狮子一同散步，直到他们找到一棵树或一丛灌木以遮蔽烈日。克里斯蒂安常陪伴男孩和卡塔尼娅，但男孩对他的在场仅仅是容许而非鼓励。下午我们和乔治一起去找他们，他辨别和追踪他们的足迹（爪印）的方法，他丰富的野生动物和野外生存知识，让我们着迷。晚间狮子们回转等待喂食，乔治有时得开车去许多英里外的猎苑，射杀水羚或其他猎物给他们吃。他希望他们很快能自给自足。

我们喜欢跟乔治交谈，且与他多次长谈，内容不仅限于狮子，也谈到了澳大利亚和我们在伦敦的生活，还有他的生活。他一生的绝大部分时间都在肯尼亚野生动物部辖下当一名渔猎法执法官。尽管他过着远离尘嚣的生活，但始终关注着世间的大事。踏出校门之后，他只回过一次英格兰，为此他兴致勃勃地听着这么多年后伦敦所发生的种种变化。他从世界各地的来访者、朋友和粉丝,还有他“为采访而读”的《花花公子》那里源源不断地获得信息。

他谈到早年曾是一个猎手时的生活，以及当他第一次认识到如此之多的动物面临灭绝威胁时，是如何逐渐地关心起动物保护问题的。自伊尔莎死后，他就将他的生活完全贡献给了放归狮子的事业。

乔治热爱狮子，并且坚信有可能与他们达成理解和沟通的关系，而这在其他动物身上，即便不说是不可能，也至少是非同寻常的。他欣赏他们所具有的高贵气质、爱和信任的无限能力，他想继续生活在坎皮·亚·辛巴，直到那些狮子不再需要依靠他。他觉得,男孩将会如克里斯蒂安所愿地接纳他，同时，其他狮子的加入将使这个包括克里斯蒂安在内的狮群开始发展壮大。他坚信所有的狮子都可以成功地放归。

由于一系列非比寻常的巧合，我们将克里斯蒂安送到了非洲，并将他交到了全世界知识最丰富，同时也最富同情心的狮子专家手中。如今克里斯蒂安可以自由地在荒原上冒险。我们想象不出或梦想不到还有比这更好的结局，这也冲淡了我们离别的伤感之情。没有了克里斯蒂安，生活将变得非常虚空，我们流泪了。我们不知道是否还能见到他，但是，经过祖孙几代和千山万水的跋涉，克里斯蒂安最终得以回归其所属之地。

12

克里斯蒂安的进步

离开科拉回到伦敦的几个月后，我们收到了乔治的来信，从中了解到克里斯蒂安、男孩和卡塔尼娅的情况，信的部分内容如下：

> 我估计你们已听说了可怜的小卡塔尼娅的悲剧。上个月的一个晚上，三头狮子吃饱了肉食之后便动身向河边进发。第二天早晨，他们没有回来，这一点儿也不反常，因为他们已好几次离开两三天了，有一次甚至出去了五天。两天后我去找他们，但没找到。第二天清晨，克里斯蒂安独自出现了。这让我有点担心，因为在男孩去找姑娘的时候，一般他总是和卡塔尼娅在一起的。然而，

亲爱的约翰和艾斯：

这个周末我从非洲回来了。我可以想象过去几周里你们的担忧，以及想获得克里斯蒂安消息的急切，为此，在详细地叙述克里斯蒂安的所作所为之前，让我先告诉你们他还活着，而且很好。自他得过蜱热之后，在你们俩都不在非洲的这段时间里，他看起来没得过一天的病。而且我可以向你们保证，他生气勃勃——我卡其裤上的狮爪印就是这一点的见证。他重了许多，我估计他超过了二百磅，尽管他问候我的时候让我感觉他还要重得多。我完全可以肯定，现在我们再也不可能像在英格兰的时候，为了飞往肯尼亚，需要知道他确切体重时所做的那样，将他抬起并悬在当地屠夫的秤上，即便他允许我们这样做。他已像完全长成了的狮子那样，有我们肩膀那么高，甚至和男孩一般高了，你们知道，男孩可是一头体形庞大的狮子。尽管他块头已那么大，但依然温和亲切。当乔治一脚跨出围绕在营地四周的铁丝网——克里斯蒂安已不被允许进入营地内——的时候，克里斯蒂安便用头给他来了个长长的礼仪性问候，并用砂皮纸般的舌头舔他的脸。

尽管如此，这种情感似乎不会阻碍放归的进程，而是以一种奇特的方式让乔治拥有支配力，这种支配力是他在这几个月里一直需要的，其间，他要让这些狮子首先建成一个家族，随后成为他们自己的领地的卫士。

顺便说一句，我注意到，他的皮毛似乎已有所改变，以适应炎热的气候。它更薄了，也更细腻、更光滑，从而使他看起来更具流线型、更成熟，并让他现在的优秀运动家体格显得更为突出。他真是一头相当壮美的狮子，很难从他的外形容貌上挑出什么毛病，他的脚或许算是一个吧，它们依然显得巨大。我只能这么想，如果有一天他的体形长到可以让它们看起来完全合适的话，他无疑将是非洲最大的狮子了。

你们离开后，男孩和克里斯蒂安成了最好的朋友，事实上可以说有点形影不离了。小狮子卡塔尼娅，正如你们所见，对他们俩都爱戴，在他们的关系突然转变后，发现自己成了三明治的夹心层。

不幸的是，正如你们已听说的那样，这份友谊是短命的。因此我不会老想着卡塔尼娅已死的情形，而要说这是一出双重悲剧。不仅男孩和克里斯蒂安失去了他们的小朋友，我们也失去了乔治狮群里的唯一雌性。

不过，也有好消息，算是补偿吧。乔治接来的两头

13

YouTube 上的一九七一年重聚

经历了初次戏剧性的碰面和长时间的冷淡，尤其在卡塔尼娅死亡之后，男孩和克里斯蒂安成了形影不离的朋友。在一九八五年出版的自传《我的骄傲和快乐》中，乔治·亚当森将他与男孩和克里斯蒂安一起度过的在科拉的早期时光，描述为“我生命中最大的快乐”。然而，野生狮子对于男孩、克里斯蒂安，以及两头来自肯尼亚东北部马拉拉的母狮蒙娜丽莎和朱玛侵入他们的领地感到愤怒。作为狮群唯一的成年狮子和头领，男孩常常要对抗这些野生狮子。一天他回到营地，背上有几处深深的伤痕，乔治在兽栏里安全地为他治疗。那几头野生狮子在外面等着，由于弄不到男孩，他们攻击并杀死了蒙娜丽莎。

男孩似乎陷入了最后那次受伤所造成的痛苦之中，现在更加频繁地独自外出游荡。然而，已成为好朋友的朱玛和克里斯蒂安由此处于没有保护的状态。乔治越来越担忧男孩的安康。

乔治又得到了两头十九个月大的母狮，她们来自内罗毕公园的孤儿院，他叫她们蒙娜和丽莎以纪念蒙娜丽莎，另外还有一头凶猛的年轻雄性狮子，名叫超级仔。乔治创建一个自给自足狮群的计划有了新进展，其中克里斯蒂安是不可或缺的部分。

但是乔治的计划和克里斯蒂安的放归遭遇了一次悲剧性的挫折。一九七一年六月六日，男孩在外已几天了，而其他几头狮子都在营地后面的科拉岩上。乔治听到男孩在营地兽栏外水槽边喝水的声音，知道他回来了。突然间，乔治听到同一方向传来阵阵叫声，立即抓起枪冲了出去，看到他的非洲助手斯坦利被男孩叼在嘴里。乔治大声呵斥男孩，男孩旋即放下了斯坦利。乔治射杀了男孩，并冲过去救斯坦利，但他的这位助手差不多立刻就死去了。

乔治身心交瘁。他曾指示斯坦利别出兽栏，但斯坦利对他的命令置若罔闻，如今却丧了命。男孩是乔治最喜欢的狮子之一，他自小就与乔治的生活交织在一起，对他的死乔治备感痛心。这个后来被称为“意外事故”的事件，成了国际新闻，并由当地警察和渔猎部联手做了全面的调查。一些人批评乔治的工作是在拿生命冒险，整个计划的前景一时间陷入危险的境地。但是乔治也有不少支持者，包括一些政府高官，他们重视亚当森的名声对旅游业的价值，于是他获准继续留在科拉。

我们在伦敦撰写《我在伦敦买了一头狮子》一书，预定在一九七一年十一月出版。我们打算飞往肯尼亚，与一个电影摄制组一起去看克里斯蒂安，因为他们即将完成第二部纪录片《狮子克里斯蒂安》，想加拍一段重聚的镜头，但当我们听说了有关乔治的令人震惊的消息之后，我们将访问推迟了几个星期。

我们到达内罗毕时，各色人等告诉我们一些传言，说什么男孩一直是亚当森的最难捉摸的狮子之一，还说斯坦利曾好几次“无礼地”、轻率地接近男孩。

我们从内罗毕起飞，当我们降落在离科拉营地几英里远的由泰伦斯·亚当森开辟出来的简易机场上，乔治正在那里等我们。考虑到刚发生那场悲剧，乔治看起来还算不错，我们希望我们的来访可以让他有所排遣。开车回坎皮·亚·辛巴的路上，我们没有多问克里斯蒂安的情况。尽管乔治没有马上

若狂但对我们仍那么温柔，还有那些围着我们团团转的母狮。我们知道人们预计我们会害怕，但我们一点都不怕克里斯蒂安，他跑向我们，带着情深意切的表情，对此我们了如指掌。其他几只狮子我们之前从未见过，但由于整个气氛非常欢快，以致蒙娜、丽莎、朱玛和超级仔也热情地欢迎我们。

每天早晨我们被克里斯蒂安的吼声唤醒，他才两岁大，却有如此的吼声，让人印象深刻。接下来的几天时间，我们愉快地像乔治一样做着营地的日常工作，早晨与狮子一起散步，有时在狮子们打瞌睡的时候同克里斯蒂安一起坐在阴凉的地方，或者在傍晚时分与乔治一起去找他们。男孩已死去几个星期了，如今，克里斯蒂安正巴望着取代他的位置，成为狮群的头领。我们让克里斯蒂安完全主导我们之间的关系。他想玩，我们就陪他玩；他想表达诚挚的情感，我们也投桃报李。另一些时候，当我们成为他生活中的多余者，或有可能让他分心时，我们就不去打扰他，让他自行其是。

着手了解其他几只狮子是充满乐趣且富挑战意味的，他们是真正野生的，来到科拉时都时刻提防着人类。现在回头去看狮子与人类之间的互动关系，我们有些怀疑，是否可能乔治对我们双方都过于有信心了呢？一天，克里斯蒂安在前领着我们去散步，突然他怒吼一声冲入灌木丛中，追赶蒙娜和丽莎。她们蜷曲着身子准备伏击我们，或许是为了取乐，但如果我们受惊而做出反应或被扑倒，这就有可能成为一次极为危险的对抗。克里斯蒂安保护我们的态度让我们非常感动。超级仔个性冒失而外向，丽莎是一头顽皮的母狮，但朱玛和蒙娜则非常羞怯。在给威廉·科林斯爵士的信中，乔治写道，颇具讽刺意味的是，克里斯蒂安这头来自伦敦，与人类接触最多的狮子，却是科拉最易放归的。

坎皮·亚·辛巴的建设如今更有起色了。乔治的兄弟泰伦斯建了好些永久性小屋，他巧妙地给轻质镀锌六角形网眼铁丝网覆上打包麻布，随后再刷上好多层水泥，做成小屋的外墙，上面则用棕榈树叶做成屋顶。这些简易而管用的建筑中最大的要数食堂，它是营地的中心，乔治将无线电话也安置在那里，那可是他与外面世界的唯一联系。他还有一部老旧的打字机，以及一大堆乱糟糟的书、信件、日记和照片。现在那里有了一台发电机，可以为几台冷藏箱供电，冷藏箱里几乎堆满了给狮子吃的骆驼肉，是从四十英里外离这里最近的村庄阿萨科买来的。乔治的厨师哈密斯在他自己的防狮围栏里户外用火给我们煮饭。

营地周围有不少野生动物，包括叽叽喳喳的珍珠鸡、渡鸦、友善的犀鸟、巨蜥，偶尔还有令人讨厌的蛇和蝎子，以及老亲爱的艾斯和约翰：

尽管我们从未见面，但我想我还是该给你们写上几句。我已给乔治帮了一段时间的忙了，并且也像你们一样受到克里斯蒂安的喜欢。看到他在适应这里的野生生活的同时，依然像过去一样完全依恋乔治，真让人吃惊。

乔治有了更多的帮助，这真是绝妙的好消息，我们打算时隔一年后再去访问他。然而，后来的几封信告诉我们，克里斯蒂安和其他几只狮子过得颇为艰难。没有了男孩，克里斯蒂安单靠一己之力，难以保卫营地周围的领地，一头名叫“杀手”的狮子杀死了可爱的超级仔。

迄今为止，克里斯蒂安一直为了生存而与野生狮子战斗，乔治告诉我们，他大多伤在前腿和肩部，这表明他战斗很勇敢：

克里斯蒂安曾与一头野生狮子搏斗，前腿留下两道严重的伤口。但他似乎对自己的遭遇毫不担心，我很难劝说他跟我回营地，在那里我可以给他疗伤。

事实证明，克里斯蒂安是这个充满敌意环境里的一头罕见而勇敢的年轻狮子，但是日渐增大的挫折显然可能导致灾难性的后果。一天克里斯蒂安伏击了乔治，将他撞倒，用脚爪制住他，咬住他的脑袋。然而，他很快就放开了乔治，乔治抄起一根棍棒追赶他。好在乔治没有受多大伤，只是被一只爪子刺破了手臂。克里斯蒂安知道自己“坏了规矩”，但不久之后，他又撞倒了托尼，用脚爪拍打他，拖着他的头往前走，托尼奋力猛击他的鼻子，克里斯蒂安立刻放开了他，令人惊奇的是他也没受到严重的伤害。

我们听说这些意外时备感震惊。克里斯蒂安可以轻易地致他们于死地，无论是否蓄意。乔治和托尼感到，处于青春期的克里斯蒂安沮丧而孤独，并且在这样一块领地里，他或许永远也不能安居下来，或建立族群。母狮们跟野生狮子私奔了，尽管这对她们的放归是理想的状态，但却抛下了克里斯蒂安孤影独怜。我们同情克里斯蒂安的境遇，并比以往更多地体味到，在与他的关系上，我们受到了独一无二的优渥待遇。与我们一起度过的英格兰的那八个月时间，在那样的不自然的环境中，他从未攻击过任何人。如今他长大了，更强壮了，我们与他的关系是否会改变？对访问科拉的其他人他会如何对待？

一九七二年八月，在我们重聚一年后，我们问乔治是否可以去拜访他和克里斯蒂安，并与托尼·菲茨约翰见面。他热情地回复表示同意，但同时提醒我们，他不能保证克里斯蒂安一定在营地周围。野生狮子已迫使他去更远的塔纳河地区，他经常会离开几个星期。我们不管这些，还是决定去，因为乔治被迫离开科拉的可能性一直存在，以后或许不会再有机会去那里了。

我们在内罗毕与托尼见面，我们马上就明白了坎皮·亚·辛巴有了他后的种种好处，以及乔治为何如此喜欢他。值得一提的是，直至四十年后的今天，他依然在坦桑尼亚的姆科马兹国家公园里，继续着乔治未竟的保护工作，他还是乔治·亚当森野生动物保护信托基金的野外工作主管。二〇〇七年，托尼因其为动物保护所做的贡献而获得大英帝国勋章。

我们抵达营地时，乔治正患着流行性感冒，但看到我们他很高兴，特别是我们还给他带来了威士忌和杜松子酒。他告诉我们，他听说克里斯蒂安已与一头母狮交配，所以他应该离此地不远，但直到第三天，我们悬着的心才放下，克里斯蒂安露面了。尽管他没有像以前那样扑向我们，但他的问候依然是那么纵情那么自然。他好像在说着什么，尽管他激动的咕噜声现在已更加深沉。但他已体形巨大，在我们中间转来转去时撞倒了乔治。乔治可没觉得好玩。

乔治认为克里斯蒂安可能是肯尼亚最大的狮子，并一定是目前塔纳河地区最大的狮子。他估计克里斯蒂安的体重已接近五百磅，尽管他现在还只有三岁，且还在不断长大。

饭后，我们听乔治和托尼讲克里斯蒂安的冒险故事，包括他如何与野生狮子搏斗，他们还给我们讲述和解释了克里斯蒂安攻击他们的情况及其原因。显然他们都爱着他，宽宏大量，丝毫没有生他的气。我们坐着聊了一夜，克里斯蒂安间或打断我们，跟我们玩，试图把我们推下凳子。

艾斯又给他的父母写了一封信。

> 我们每天早晨和晚上都会去看克里斯蒂安，跟他散步，同他闲聊。他比去年更沉静，更自信，非常好相处。还是那样傻乎乎的。体形庞大。像过去一样，后腿支撑一下子扑到我怀里，而且动作极其轻柔。他站着都比我高了，用舌头舔我的脸。他想坐在约翰的腿上，却差点把他压垮！

以后的几天，我们一直在观察他有多么成熟。在欢快地问候我们的时候，他也比上一年独立得多。什么时候想与我们在一起，待多长时间，全由他说了算，并且，他许多时候都在围栏外。现在他已完全接纳了托尼，并成为托尼与狮子之间的引介者。日后，托尼成了丛林谋生知识和技能方面的专家，他的多种技能和机械方面的技术是坎皮·亚·辛巴所不可或缺的，极大地提高了营地与外界的交流能力。

这一回我们待了九天，在周边乡野看到了不少东西。我们和泰伦斯一起去捕鱼，他常为我们提供好吃的新鲜活鱼。他对植物很在行，能在多刺高灌丛和刺槐中指出外来的没药和乳香。在我们看来，许多植物的外形以及褪去的颜色，看上去与澳大利亚的同样处于半干旱荒野地区的植物是有差异的，但两块大陆也有很多共同点：气候和植被的广泛多样性，大量的空旷地，辽远的地平线，耀眼的阳光，清澈的碧空，以及远古的平和、宁静。乔治和乔伊都曾兴致勃勃地同我们谈起在澳大利亚和其他国家偏远的荒野上，养育非洲濒危动物的可能性，但现在看来，这样做对于本已脆弱的生态平衡，显然都会造成一定程度威胁。

我们读了乔治写给旅游和野生动物大臣的详细报告，那是对一个狮群几年来情况的日复一日的记录，既有趣也有价值，尤其是关于克里斯蒂安成功放归的计划。过去，一些人批评乔治和乔伊的工作不够“科学”，因为他们没有井井有条地记录相关信息，并在此基础上提出解决方案。然而，在与某些特定动物共同生活并观察它们许多年和好几代之后，通过撰写大量日记和笔记，写书和大量信件，他们对有关狮子行为的实证性知识的贡献比任何人都要大得多。

现在所有的母狮都与野生狮子结伴而去，克里斯蒂安备感孤独，托尼打算想办法去内罗毕动物孤儿院，弄一头稍稍年轻些的雄性狮子来给他做伴。或许他已成为狮群名义上头领，但母狮们都跟了他的敌人，单靠他自己无法在这里建立领地来生儿育女。

克里斯蒂安显然已准备进入原野生活的一个新的阶段。他离开的时间更长了，或许在寻找更合适的地方生活。他一直成功地活着，但我们知道他或许会走得很远，有可能我们再也见不到他了。

回到内罗毕，我们为支持和欣赏乔治出色工作的各方人士举办了一次《狮子在“世界尽头”》的观摩活动，这些人士中包括常任国务秘书、旅游和野生动物大臣及苏联驻肯尼亚大使。坎皮·亚·辛巴营地的维持费用巨大，乔伊没有给予任何支持，她还是按过去的方针办，没从伊尔莎动物保护基金里拨一分钱资助乔治的工作。比尔·特拉维斯转向了别的项目，现在正在与简·古道尔合作拍摄一部有关她研究和保护黑猩猩工作的纪录片。克里斯蒂安的纪录片所带来的收入为乔治的工作提供了资助，各方参观者、支持者和粉丝也捐了不少款。

归工作是成功的，但变化无常的生活褫夺了许多生命。克里斯蒂安的放归是完全成功的。在他的自传《我的骄傲和快乐》中，乔治更多使用的是克里斯蒂安的“金字塔”而非他的“种群”的说法。他曾听到克里斯蒂安多次与母狮交配的声音，于是他认为克里斯蒂安是有后代的，且有生物学上的种群。然而，坎皮·亚·辛巴是由不同年龄，乔治从不同来源挑选而来的狮子构成的，并且依靠他的知识和耐心，编织了一个围绕克里斯蒂安的一以贯之的人造狮子“金字塔”。朱玛和丽莎跟野生狮子婚配，生儿育女，这些后代中的一些依次还会有后代。金字塔已建成，乔治不想再将更多的狮子引入该地区，因为那会在这个猎物稀少的地区造成捕食者的失衡。他撰写自传，并继续记录他对下一代狮子的观察，其中包括引起我们注意的现象——在科拉，青春期的雄狮最危险。

一九七三年十月，公报宣布科拉成为国家公园，这使乔治和他的狮子置于政府的保护之下，同时也是对他的狮子放归计划的官方认可。乔治将科拉视作“那头来自伦敦的可爱、顽皮和勇敢的年轻狮子”的纪念碑。他一直生活在科拉直到一九八九年。一天，营地里的一位客人提出要去简易机场，与更多访客碰面。她在路上受到了偷猎者的袭击，乔治在营地里听到枪声，赶忙冲出去帮她，却被偷猎者杀害了。

遇见乔治我们感到荣耀，同时我们非常感谢他对克里斯蒂安的精心照顾。我们亲眼所见，他与他的狮子之间有着非同寻常的深入理解和交流，他们爱他，信任他，甚至让他为自己疗伤。如果在今天，他会被称为狮语者。他的记录对全世界关于狮子及其保护的知识，贡献巨大，就像许多受他影响的人一样，我们从此开始了支持野生动物及其保护的事业。

《生而自由》一书出版后，人们对非洲及其野生动物的兴趣激增，乔伊著作的出版者威廉·科林斯爵士又出版了许多重要的著作。其中包括简·古道尔的《在人类的阴影里》、米雷拉·里奇亚蒂的摄影经典《正在消失的非洲》，以及其他各种关于自然史和人类起源的图书，诸如罗伯特·阿德雷的《地区性必要措施》、戴维·艾滕伯鲁的《生命之源》等。这样一些人为今天的保护运动奠定了基础，对于人与环境的关系正受到人类破坏和削弱这一问题的重要性，乔伊是最早阐明的人之一，目前对于全球变暖后果的预测证明了这一问题的重大性。

一项统计数据让人警醒：从克里斯蒂安所处时代至今，非洲狮子的数量下降了三分之二，为此，乔治所积累的信息档案在未来将弥足珍贵。我们现在正积极地支持相关的保护计划，尤其通过乔治·亚当森野生动物保护信托基金来实施。

约翰在一九七三年又一次访问科拉，多年来他一直支持和参观肯尼亚、坦桑尼亚和南非的其他保护项目。他是乔治·亚当森野生动物保护信托基金（简称GAWPT）的受托人，并在皇家地理协会和其他地方代表该基金多次讲演。此外，他还从事记者，以及旅行和野生动物方面的公共关系顾问的工作。二〇〇八年，他是纪录片《姆科马兹：犀牛的回归》的执行制片人，该片讲述了四头黑犀牛从南非迁居托尼·菲茨约翰所在的坦桑尼亚姆科马兹国家公园的故事。约翰和GAWPT一起呼吁复兴科拉国家公园，乔治被杀后，该公园实质上已降格。

艾斯回到澳大利亚后，从事艺术品管理者职业，尤其专注于澳大利亚土著居民和殖民地时期的艺术品。在非洲，开始时我们买了些纺织品、雕刻品、珠子项链和手工艺品，此后我们不断收集部落艺术品。受非洲之行的影响，艾斯想对最初的澳大利亚土著居民有更多的了解。他发现一种异常多样和丰富的艺术传统和文化有了激动人心的当代表现形式，同时也在殖民地时期遭受排斥之后，在社会和经济上处于颇为不利的地位。

如今YouTube网站重新诱发了对克里斯蒂安的兴趣，我们愉快地再次体验和反思与他一起生活的时光，我们看看照片，又一次全身心地爱他，想念他。回首往事，我们依然无法完全相信结局会如此圆满，我们真正成功地让克里斯蒂安回归了非洲。

克里斯蒂安有着巨大的神秘魅力，这决定了他的生活。他被挑中送往哈罗德百货公司出售，是因为他迷人，脾性平和。我们被他的魅力所吸引，不顾一切买下了他，相反我们对他的姊妹玛尔塔确实没什么兴趣。比尔·特拉维斯与在肯尼亚的乔治第一次联系时，称克里斯蒂安是“一头非常漂亮的狮子”。克里斯蒂安在自己的电影里有出彩的演出。他成了乔治的宠儿和朋友，人类和狮子都喜欢他。科拉因克里斯蒂安而建，并且，克里斯蒂安对环境的成功适应，坚定了乔治的信心，从而留在科拉达十九年之久，科拉由此也成为国家公园。

四十年弹指一挥间，乔治未竟的工作仍在继续，克里斯蒂安的奇迹再次激发我们去思考众生之间的相互关系，以及野生动物保护行动的迫切紧要性。如果我们这些被克里斯蒂安的故事所感动的人，戮力同心联手应对某些全球社会所面临的共同问题，凭着克里斯蒂安的爱心精神和对生活的爱，我们将能达成怎样的成就?

乔治·亚当森野生动物保护信托基金

乔治·亚当森野生动物保护信托基金由乔治的一群朋友和拥趸于一九八〇年设立。随着乔治一九八九年在科拉被偷猎者谋杀后，给乔治当了十八年助手的托尼·菲茨约翰成为基金的野外主管。

基金最初一任主席是已故的剑桥大学应用生物学讲师凯斯·艾尔特林汉姆博士。现任主席是王室法律顾问、国会议员鲍勃·马歇尔·安德鲁。受托人包括：阿兰·图尔森和安德鲁·莫尔提梅，他们都是托尼在伦敦米尔山学校的老校友；安东尼·马里安，乔治和托尼的肯尼亚朋友；国会议员布鲁斯·金洛赫上校，他也是前任肯尼亚地区行政长官，乌干达、坦桑尼亚和马拉维首席渔猎法执法官；布里安·杰克曼，出色的野生动物记者，《星期日泰晤士报》专栏作家。另外，英国的受托人有约翰·兰道尔、保罗·肖伏、詹姆斯·卢卡斯、提姆·皮特和彼得·威克汉姆，他们全都有相关的一技之长和经验，以保障项目的平稳发展。基金同时也在美国、肯尼亚、坦桑尼亚、德国和荷兰设立机构。

一九八九年，皇家地理协会为GAWPT举行了一个招待会，以庆祝姆科马兹项目在坦桑尼亚开创。

随着猖獗的偷猎、烧荒、打猎，以及人类的蚕食，坦桑尼亚北部的姆科马兹禁猎保护区日渐降格。一九八八年，坦桑尼亚政府决定将保护区恢复为荒野保护区。托尼·菲茨约翰和GAWPT一起，获得机会协助政府运作一个涉及多个科目的复兴计划，包括生栖地的恢复，基础设施的发展，针对非洲野狗和黑犀牛的濒危物种保护计划，针对姆科马兹禁猎保护区周边村庄的社会服务扩大计划，以及针对这些村庄的小学生的环境教育计划等。

二十年后，托尼和乔治·亚当森保护基金网络可以自豪地表明，依靠许多慷慨的朋友和著名慈善基金的经济支持，姆科马兹禁猎保护区已升格为国家公园，一个犀牛保护区成功建立（坦桑尼亚唯一的一个），一项针对非洲野狗的捕获喂养、兽医学和再引进计划开始实施。自乔治一九八九年去世后，由于缺乏管理，短缺资金，偷猎和非法放牧，科拉国家公园已降格。基金目前正与肯尼亚野生动物保护机构协商重返科拉，恢复乔治的营地，复兴该国家公园。

乔治·亚当森野生动物保护信托基金

园景路 16a

伦敦，N3 2JB

如需了解更多有关 GAWPT 的信息，或有意捐款以使乔治·亚当森未竟之工作得以继续，敬请查阅下列网站：

英国：www.georgeadamson.org

美国：www.wildlifenow.com

致谢

在一九七一年版的《我在伦敦买了一头狮子》中，我们向那些曾伸出援手，让克里斯蒂安和我们能够并且快乐地在英格兰生活，以及让他回归原野的人们，表示感谢。

在伦敦，他们是：罗伊·哈泽尔，哈罗德百货公司宠物部的采购员，以及珊迪·劳埃德；詹尼弗-玛丽·泰罗尔、乔·哈丁和约翰·巴纳迪斯通，索菲斯托凯特的老板，索菲斯托凯特是克里斯蒂安生活在国王路时所待的那家松木家具店；凯·杜；我们在“世界尽头”的宽容的邻居；摩拉维亚教会教堂大院的H.R.威廉姆森牧师及其夫人、琼与洛德·托马斯；克里斯蒂安最好的朋友尤妮蒂·贝维斯-琼斯；阿梅利亚·纳坦；比尔·特拉维斯和弗吉尼亚·麦肯娜，他们将我们介绍给了乔治·亚当森。

在内罗毕，他们是：蒙迪·鲁本、杰克·布洛克、阿格内塔·冯·罗森、尤尔夫与马利亚娜·阿斯坎，以及野生动物和旅游大臣，他安排克里斯蒂安在科拉放归。

在塔纳河流域加里萨北部坎皮·亚·辛巴，他们是：乔治·亚当森；他的兄弟，工程师和道路建筑师泰伦斯；他们的雇员斯坦利和哈密斯·法拉；乔治的老朋友内维尔·巴克森达尔和他的儿子乔尼（乔治的教子）；加里萨省渔猎法执法官肯·史密斯；兽医苏·哈尔松博士，摄影师西蒙·特雷佛，以及塔纳河议会。

初版的出版者柯林斯出版公司，他们是：威廉·柯林斯爵士和本书的编辑阿德里安·豪斯，德里克·卡塔尼提供了在英格兰和肯尼亚的照片，以及录入我们手稿的托尼·兰道尔和曼迪·巴雷特。

令人伤心的是，其中的一些关键人物今天已经不在了，包括威廉·柯林斯爵士、乔治·亚当森和比尔·特拉维斯。乔治会很高兴地看到，人们对他为狮子和克里斯蒂安的生活所做的工作重新有了兴趣。乔治·亚当森野生动物保护信托基金不断为主要的保护项目提供资助，以之纪念乔治。

另外，感谢卡罗琳·麦克尔、亚历山德拉·韩德森、劳伦·米勒·西伦托、派特·布尔克、林迪·布尔克和萨丽·加米纳拉为本书的面世提供的帮助和建议。

安东尼·“艾斯”·布尔克与约翰·兰道尔

于二〇〇九年

图书在版编目(CIP)数据

我在伦敦买了一头狮子 / (澳) 安东尼·布尔克,(澳) 约翰·兰道尔著;慕风译. -- 海口 : 南海出版公司, 2016.10

书名原文: A Lion Called Christian

ISBN 978-7-5442-8476-9

Ⅰ. ①我… Ⅱ. ①安… ②约… ③慕… Ⅲ. ①长篇小说-澳大利亚-现代 Ⅳ. ①I611.45

中国版本图书馆CIP数据核字(2016)第198565号

著作权合同登记号 图字: 30-2016-073

我在伦敦买了一头狮子

〔澳〕安东尼·布尔克 约翰·兰道尔 著

慕风 译

出　　版　南海出版公司　(0898)66568511
　　　　　海口市海秀中路51号星华大厦五楼　邮编 570206
发　　行　新经典发行有限公司
　　　　　电话(010)68423599　邮箱 editor@readinglife.com
经　　销　新华书店

责任编辑　黄宁群
特邀编辑　刘文茵　毛文婧
装帧设计　观止堂_未氓
封面插画　刘淼洁
内文制作　杨兴艳

印　　刷　北京天宇万达印刷有限公司
开　　本　850毫米×1194毫米　1/32
印　　张　6.25
字　　数　78千
版　　次　2016年10月第1版
印　　次　2016年10月第1次印刷
书　　号　ISBN 978-7-5442-8476-9
定　　价　35.00元